살이 찌면 세상이 끝나는 줄 알았다

살이 찌면 세상이 끝나는 줄 알았다

초판 1쇄 발행 / 2021년 2월 5일

지은이 / 김안젤라
펴낸이 / 강일우
책임편집 / 곽주현 홍지연
조판 / 박아경
펴낸곳 / (주)창비
등록 / 1986년 8월 5일 제85호
주소 / 10881 경기도 파주시 회동길 184
전화 / 031-955-3333
팩시밀리 / 영업 031-955-3399 편집 031-955-3400
홈페이지 / www.changbi.com
전자우편 / human@changbi.com

ⓒ 김안젤라 2021
ISBN 978-89-364-7852-0 03810

* 이 책 내용의 전부 또는 일부를 재사용하려면
  반드시 저작권자와 창비 양측의 동의를 받아야 합니다.
* 책값은 뒤표지에 표시되어 있습니다.

살이 찌면 세상이 끝나는 줄 알았다

김안젤라 지음

창비
Changbi Publishers

제가 겪었던 섭식장애 경험의 기록이
저와 같은 이유로 고통받는 환자들에게 위로가 되고,
그의 가족들이 조금 더
환자를 이해할 수 있게 되기를 바라며.

2019년 6월, 한 여자 가수가 체중을 8킬로그램 증량했다는 소식이 화제였다. 그녀는 공공연하게 자신이 살이 찌지 않는 체질이라고 밝혀온 데다 기사의 제목에 '달성' '도달' 등으로 표현된 것으로 미루어, 살이 찐 것이 아니라 살을 찌운 것이라 짐작할 수 있다. 다이어트 성공 뉴스가 대세인 세상에서 눈에 띄지 않을 수 없었다.

걸그룹으로 활동하던 시절에 그녀는 유난히 선이 가늘어 멤버들 중 유독 이목을 끌었다. 솔로 활동을 시작한 후에도 가느다란 몸매는 여전해 과격한 안무를 하는 모습을 보면 '밥은 제대로 먹고 다니는 걸까' 하며 나는 옆집 언니나 된

7

듯 걱정하곤 했다. 그래서인지 체중이 늘어 건강해진 그녀의 모습을 보자 기뻤다. '이제야 좀 잘 챙겨 먹나보네' 싶어 한결 안심이 됐다. 세상에서 최고 쓸데없는 걱정이 재벌과 연예인 걱정이라지만, 그런 사람이 나뿐만은 아닌지 기사의 댓글들은 '전보다 예쁘다'라는 이야기가 대부분이었다. 물론 악플러는 어디에나 있어서 그녀의 체중에 대해 악평을 늘어놓는 이들이 없는 건 아니었다.

꽉 막힌 강남대로 위 퇴근길 버스 안에서 별생각 없이 온라인 커뮤니티 인기글을 둘러보다 우연히 읽게 된 그녀의 체중 관련 게시글의 댓글은 불쾌한 기시감을 불러일으켰다. 댓글 중에 무대 위에서 춤을 추는 그녀의 영상이 있었다. 같은 곡에 같은 안무를 하는 두개의 영상이었는데 달라진 것은 그녀의 체형이었다. 첫번째 영상에는 뼈가 드러날 정도로 마른 모습이, 두번째 영상에는 좀더 살찐 모습이 있었다. 나에게는 그저 똑같은 한사람으로 보였던 두 영상을 비교하며 글쓴이는 전후 영상 중 그녀의 어떤 모습을 더 선호하느냐고 물었다. 당연히 두번째 영상에 대한 선호가 많을 거란 내 예상과 달리 많은 이들이 마른 그녀를 더 좋아했다. 첫번째 영상을 지지하는 이들의 태도는 두번째 영상을 지지하는 이들보다 단호했다. 내 머릿속에서 단어 하나가 떠올랐다.

'프로아나.'

익숙하면서 기분 나쁜 이 감정은 몇달 전 프로아나에 대한 기사를 접하면서 느꼈던 바로 그것이었다. 프로아나(pro-ana)는 '찬성자' '찬성론'을 뜻하는 영어 'pro'와 거식증을 뜻하는 'anorexia'의 합성어로, 거식증을 지지하는 행위를 말한다. 프로아나를 동경하는 이들을 '프로아나족'이라 부른다. 기사에서는 최근 10대에서 20대 초반 일부 여성들 사이에서 프로아나가 유행하고 있다고 했다. '뭐라고? 뭐가 유행이라고? 지금 뭘 지지한다는 거지?' 정신이 번쩍 들었다. 기사를 몇번이나 반복해서 읽었다.

'홈 트레이닝' '시티런' 등 운동으로 건강한 일상을 만들자는 분위기가 무르익고 있고, 명품 브랜드의 신상 하이힐보다 스니커즈를 기다리는 사람들이 늘어나는 시대임에도 불구하고, 다른 한쪽에서는 '뼈마름'(뼈가 튀어나올 정도로 마른 상태)을 동경하는 여성들 역시 전보다 많아지는 어처구니없는 상황이 벌어지고 있었다. 나의 '어처구니없음'은 이내 '거북함'이 됐다. 그 기사 속에서 10여년 전의 나를 만났기 때문이다.

다이어트를 했더니 주변에서 "너 살 빠졌지?"라며 알아봐준다. "손목 가는 것 좀 봐" "허리가 완전 한줌이네"라는 말이 칭찬으로 들리고 군살 없이 말라가는 나의 몸이 마음에 든다. "한대 치면 부러질 것 같아"라는 말을 들으면 기분이 좋다. 다이어트 비법을 묻는 질문에 "먹는 게 귀찮아서 잘 안 먹어요"라고 대답하는 어느 배우의 마인드를 존경하고, 그녀의 '모태 마름'을 동경한다. 다음 생에는 꼭 그녀처럼 마른 체질로 태어나고 싶다. 일단 이번 생에는 지금 나에게 주어진 몸뚱어리 안에서 최대한 마르기로 다짐한다. 그러나 지금의 몸은 모두 나의 타고난 식욕의 결과다. 나는 여전히 주체할 수 없는 식욕을 어찌해야 할지 모르겠다. '나는 왜 먹는 게 귀찮지 않지?'라고 스스로를 원망하면서 맛있는 음식을 거부하는 거식증 환자들이 부러워진다. '아, 나도 거식증에 걸렸으면…' 여기까지가 단순히 조금 날씬해지고 싶었던 사람이 프로아나족이 되는 사고의 흐름이다. 그리고 10여년 전 내가 겪었던 일이기도 하다.

10여년 전의 나는 깡마른 몸매가 되고 싶었다. 기아에 시달리는 사람처럼 뼈에 겨우 살가죽만 붙어 있어 여기저기 뼈가 튀어나온 몸이 좋았고 그로 인해 사람들의 관심을 받는 것이 좋았다. 그런 몸매가 되고 싶어 음식을 줄여나갔다. 살을 빼면 뺄수록 더 빼고 싶다는 마음이 강해졌다. 음식을 계속해서 줄여나갔고 결국 '초절식(超節食)' 수준으로까지 발전했다. 초절식 식단은 하루 한끼만 먹거나 하루 섭취 칼로리량을 500킬로칼로리 이하로 줄이는 극단적인 식이 방법이다. 그러나 인간의 욕구는 그렇게 쉽게 통제 가능한 것이 아니었고, 억지로 통제하려고 하니 부작용이 뒤따랐다. 바로 폭식증이다.

내가 잘못된 길에 접어들었다는 것을 깨닫기까지 결코 짧지 않은 시간이 걸렸고, 잘못된 길을 벗어나 정상 궤도로 돌아오기까지 너무 긴 시간이 걸렸다. 돌고 돌고 돌아도 제대로 된 길이 나오지 않을 때는 지금의 쳇바퀴에 갇혀 영원히 빠져나오지 못할 것만 같아 절망스러웠다.

결론적으로 현재의 나는 그 쳇바퀴에서 빠져나왔고 지금은 안정된 생활을 하고 있다. 굳이 또래들과 비교하자면 조금 늦었지만 내가 하고 싶은 일을 하며 잘 살고 있다. 점심을 먹으며 저녁에 뭘 먹을지 고민하고, 일주일에 두어번 술을 마시기도 한다. 갑자기 떡볶이가 당길 땐 별 고민하지 않고 먹는다. 그러면서도 자주 "아, 이렇게 먹으면 살찌는데"라고 말한다. 그러니까 한마디로 평범하다는 이야기다. 남들에게는 당연한 이런 모습이 나에게는 오랜 시간 당연하지 않았고, 이 평범한 일상을 되찾기까지 고통스러운 시간을 지나왔다. 그런데 우연히 읽게 된 여자 가수의 체중에 대한 댓글이나 프로아나 관련 기사는 이런 내 일상에 작은 파동을 만들었다. 잔잔하던 호수에 던져진 이 조약돌이 만든 작은 파동은 이내 큰 물결이 되어 나를 흔들었다. 자꾸 나를 과거로 되돌리려고 했다. 아주 익숙하고도 거북한 기분은 쉽게 가라앉지 않았다.

얼마나 흘렀을까. 다행히 파동은 잦아들었다. 나는 이 기분을 곱씹어보다가 파동의 에너지를 이용해 글을 쓰기로 했다. 섭식장애에 대한 글 말이다. 사람들이 거식증, 폭식증의 고통이 어떤 건지 정확히 모르기 때문에, 섭식장애를 치료하기 위해 얼마나 긴 시간과 많은 노력 그리고 비용이 들어가는지 모르기 때문에 프로아나를 동경하게 되는 게 아닐까 하는 생각이 들었다. 경험자로서 감히 말하건대, 그 고통을 알게 되면 함부로 거식증을 동경할 수 없다.

우리 사회는 아직 섭식장애에 대한 정보가 부족하고 인식의 개선이 필요하다. '섭식장애를 완치하는 방법은 섭식장애에 걸리지 않는 것이다'라는 말이 있을 정도로 섭식장애는 완치가 어렵다. 개인적 요인, 심리적 요인, 사회문화적 요인이 복잡하게 얽혀 있기 때문이다.

프로아나는 2020년 10월 국정감사에도 등장했다. 국민건강보험공단의 자료에 따르면 최근 5년간 거식증으로 진료를 받은 사람은 총 8417명이었고, 2015년에 비해 2019년에는 그 수가 16퍼센트나 증가했다고 한다. 여성이 남성보다 세배 많으며 더 심각한 건 10대 청소년들에게서 그 경향성이 뚜렷하다는 데 있다. 심각한 부작용이 우려되는 향정신성 식욕억제제 처방도 늘어나고 있다고 한다. 나는 이런 상황이 너무나 걱정스럽다. 내가 지나왔던 고통의 터널을 다시 돌아보며, 무엇이 잘못됐는지, 잘못된 이유가 뭔지, 어떻게 그 터널을 빠져나왔는지를 떠올리며, 나와 같은 고통을 겪고 있는 이들에게 말을 건다. 우리는 건강하게 제대로 살아야 한다고. 살이 쪘다고 세상이 끝나는 것은 아니라고. 지금 그 모습 그대로 충분히 아름답다고.

차례

벌레가 되다

"정신과에 가야 해."
"뭐?"

핸드폰 너머로 믿을 수 없다는 듯한 엄마의 황망한 외침
이 들려왔다. 아마도 열심히 키워놓은 딸이 정신적으로 문
제가 있다는 말에 하늘이 무너지는 느낌이었을 것이다.
"폭식증이야. 의사 선생님이 부모님과 함께 치료를 받아
야 한대."
2005년 겨울, 스물한살이던 나는 섭식장애 전문병원에 갔
다. 폭식증을 고치고 싶었다.

먼저 인터넷으로 적당한 병원을 찾았다. 쉽지 않았다. 당시에도 거식증이나 폭식증 관련 뉴스가 간간이 나오기는 했지만 병에 대한 정보나 치료기관에 대한 정보는 거의 없다시피 한 수준이었다. 다행히 강남에 있는 한 섭식장애 전문 병원을 찾았다.

전화로 진료 예약을 하고 당일 혼자 병원에 갔다. 이 병원은 부부 문제와 섭식장애를 전문적으로 다루는 곳이었다. 부부 문제를 담당하는 남자 의사와 섭식장애를 담당하는 여자 의사 두명이서 병원을 꾸려가고 있었다. 병원에 들어서자 가장 먼저 눈에 띈 것은 의사의 경력이 빼곡히 적힌, 벽에 걸려 있는 커다란 아크릴판이었다. 그 옆으로는 수많은 증서가 붙어 있었다. 평소 같으면 종이 쪼가리로 보였을 것들에 안도감이 들었다. 적어도 저만큼의 실력을 갖춘 의사겠지. 그만큼 절박한 심정이었다.

조금 기다리니 내 이름이 호명됐고, 간호사가 담당의가 있는 방으로 나를 안내했다. 담당의는 30대 초중반 정도로 보이는 여자 의사로, 환자를 대하는 태도에서 자기 분야에 대한 자부심이 느껴졌다. 다행이었다. 믿을 수 있는 의사를 만난 것 같았다.

담당의는 지금 기분이 어떤지, 몸 상태는 어떤지 등을 물어보며, 나를 굉장히 조심스럽게 어루만졌다. 나처럼 스스로 섭식장애라고 판단하고 치료를 위해 제 발로 병원을 찾는 환자는 거의 없다고 한다. 그렇다. 중요한 것은 내가 내 발로 병원에 찾아갔다는 것이다. 이는 굉장히 이례적인 경우로 많은 섭식장애 환자들이 대부분 가족들의 권유에 의해 병원을 찾거나 대체로 끌려오다시피 한다. 담당의는 치료에 대한 나의 의지를 높게 평가했다. 그래서인지도 모른다. 담당의는 내 병이 빨리 나을 거라고 진단했다. 그때는 미처 알지 못했다. 섭식장애가 얼마나 무서운 병인지를.

담당의는 다음 상담에 부모님과 함께 오라고 했다. 섭식장애 치료에 있어 가족상담은 필수다. 그때까지만 해도 그게 무슨 의미인 줄 몰랐다. 지금 생각해보면 그 말인즉슨 '너의 병은 너의 부모에게서 영향을 받았을 수 있으니 혼자 치료하는 것은 의미가 없다. 너의 부모가 치료에 꼭 동참해야 한다'라는 뜻이었다. 두가지 난관이 한꺼번에 찾아왔다. 폭식증을 앓고 있다는 것을 부모님에게 고백해야 한다는 것, 그리고 이것이 당신들 때문일 수 있다는 사실을 알려야 한다는 것.

오랜 시간 끌지 않고 엄마에게 전화를 걸어 폭식증을 앓고 있다고 담담하게 말했다. 사실 엄마에게는 '폭식증'보다는 '정신과'라는 단어가 더 강력하게 들렸을지 모르겠다. 잠깐의 정적 후 엄마는 탄식에 이어 언제 서울에 가면 되느냐고 물었다. 그외에 별다른 말은 안 했던 것 같다. 일주일 후 부모님은 바쁜 가게 일을 제쳐두고 서울에 왔다. 이윽고 대면한 부모님과 나. 그때까지도 아빠는 나에게 무슨 일이 일어난 건지 모르는 눈치였다. 부모님과 언니, 나까지 가족 네 명이 모인 자리에서 나는 나에게 섭식장애가 있다고 고백했다. 엄마는 여전히 어이없어했고, 아빠는 마치 세상에 존재할 수 없는 어떤 병에 대해 들은 듯한 표정이었다. 부모님은 전형적인 베이비붐 세대로 먹을 것이 없어서 걱정이던 시대를 거쳐온 사람들이다. 두분은 살찌는 것이 싫어 먹은 것을 토해내는 내 병을 이해하지 못했다. 아마 복에 겨운 투정쯤으로 생각했을 것이다.

　내 말을 듣던 아빠는 방에 있기가 불편했는지 밖으로 나갔다. 엄마의 얼굴에는 불가능한 과제를 받아든 학생처럼 복잡한 심경이 고스란히 드러났다. 폭식증이 시작된 지 1년이 다 되어가는 날이었다. 가족들에게 나는 내칠 수도 그렇다고 품을 수도 없는 벌레 같은 존재가 됐다. 어느날 갑자기 벌레가 되어버린, 프란츠 카프카의 소설「변신」속 그레고리처럼 말이다.

나는 원래 갈비씨였으니까

어른들은 아이들을 보면 으레 한마디씩 건네곤 한다.

"고놈, 참 예쁘게도 생겼다."

"아주 아빠를 쏙 빼닮았구나."

어른들이 가볍게 툭툭 던지는 말들을 습관적으로 듣고 자라기 때문에 많은 이들이 아무렇지도 않게 타인의 외모를 평가하는 말을 내뱉는 것이 아닐까 하는 생각을 해본 적이 있다.

어릴 때 나의 별명은 '갈비씨'였다. 살이 없어 갈비뼈가 드러나는 사람을 이르는 말이다. 초등학교 입학 전에는 형제자매와 함께 있는 시간이 가장 길기 마련인데, 언니와 어울리는 시간이 많다보니 통통했던 언니와 내가 자연스럽게 비교됐고, 그런 별명이 붙었다.

나는 먹성이 좋아 항상 언니와 경쟁하듯 음식을 먹었다. 그럼에도 늘 말랐던 나는 아무리 먹어도 살이 찌지 않는 체질인 줄 알았다. 변화가 시작된 건 남들보다 조금 일찍 찾아온 사춘기 때였다. 우리 집안 딸들은 어찌 된 영문인지 다들 비교적 일찍 생리를 시작했고, 그만큼 사춘기도 빨리 왔다. 맏이인 언니는 초등학교 4학년 겨울방학 때, 나는 초등학교 4학년 여름방학 때, 그리고 일곱살 터울의 여동생은 초등학교 3학년 때 생리를 시작했다. 첫째가 하는 것은 다 따라서 하고 싶은 게 둘째의 숙명일까? 언니가 생리를 시작한 이래로 나는 '언제 생리를 하게 될까' 하며 목이 빠지게 그날을 기다렸다. 그것이 무엇인지도 정확히 모른 채.

첫 생리가 터진 날을 정확하게 기억한다. 초등학교 4학년 여름방학의 어느 저녁이었다. 아빠는 하루 일과가 끝난 후 동네 어귀 선착장이나 집 옥상에서 숯불을 피워놓고 가족들과 고기를 구워 먹는 것이 유일한 낙이었는데, 그날도 그런 평범한 날이었다. 아빠는 옥상에서 고기를 굽고 엄마는 채소나 김치 등을 준비해 날랐다. 나는 언니, 동생들과 가장 좋은 자리에 앉아 고기로 한껏 배를 채웠다. 여느 때와 같이 아빠는 소주를 마셨고 엄마는 뒤늦게 자리에 앉아 고기를 먹기 시작했다.

열대야로 밤늦게까지 더웠고 공기는 끈적했다. 요의를 느낀 나는 화장실에 갔다가 팬티에 묻어 있는 피를 확인했다. 생리가 시작된 것이다. 드디어 나도 언니처럼 생리를 한다는 사실에 흥분해 화장실에서 달려 나와 "엄마, 나 생리해!"라고 신이 나서 말했다. 엄마는 대답했다.

"그게 뭐가 좋은 거라고."

생리를 시작한 언니가 매달 생리통으로 고통스러워할 때마다 엄마는 그저 발만 동동 굴렀다. 생리통을 겪어본 적 없다는 엄마는 생리통의 원인이 무엇인지, 어디가 어떻게 얼마나 아픈지조차 알지 못했다. 아파하는 아이에게 진통제를 주는 것 말고는 달리 할 수 있는 것도 없었다. 어른들은 생리통이란 결혼하면 괜찮아지는 거라는 말을 철석같이 믿었다. '결혼'이라는 단어에 숨겨진 의미는 '출산'이었다. 나는 생리를 시작하고서도 한참이 지나도록 성행위라는 것의 존재 자체를 몰랐다. 그저 남자와 한방에서 자면, 그러니까 수면을 취하기만 하면 아이가 생기는 줄 알았을 정도였다. 지금도 별반 다르지 않겠지만 그때도 생리나 성(性)에 대해 이야기하는 것은 터부시됐다. 성은 아이들이 알 필요가 없는 것, 생리는 감춰야 하는 것이 보편적인 정서였다.

엄마도 모르고, 학교에서 알려주지도 않으니 나 또한 생리에 대해 알 도리가 없었다. 당시 초등학교의 성교육은 5학년과 6학년을 대상으로 한 학기에 한번 보건교사가 진행했다. 2차 성징이 무엇이며 언제 오는지, 신체적으로 어떤 변화를 겪게 되는지에 대해 얕은 수준의 지식을 전달하는 것이 고작이었다. 수업이 중반쯤 지나면 호기심이 왕성한 아이들이 "선생님 첫사랑 얘기해주세요" 따위로 화제를 돌려 성교육이 흐지부지 마무리되기 일쑤였다. 첫 생리를 시작했을 때 아무도 생리가 무엇인지 정확히 알려주지 않았고 주위에 생리를 하는 친구도 없었다. 한달에 한번씩 하는 생리를 혼자 짊어지기에 초등학교 4학년은 너무 어렸다. 학교에서 수업을 할 때도 생리통은 갑자기 찾아왔고 감정이 요동쳤다. 그리고 식욕이 폭발했다.

20대 후반이 되어서야 PMS(premenstrual syndrome, 생리전증후군)라는 말을 처음 접했으니 열한살밖에 안 된 여자아이가 자기 몸에서 일어나는 호르몬의 변화와 감정의 파동에 대해 모르는 건 너무나 당연했다. 생리를 시작한 후 이유를 알지도 못한 채 화가 나면 화를 내고 먹고 싶으면 먹었다. 호르몬의 변화와 함께 내 몸이 변하고 내 인생이 바뀌기 시작했다.

나를 키운 것은 8할이 빵이라고 해도 과언이 아닐 정도로
어린 시절 간식으로 빵을 많이 먹었다. 우리 집은 내가 다섯
살 때부터 20년 가까이 제과점을 했다. 그러니 가장 손쉽게
손에 넣을 수 있는 간식이 빵이었다.

일반 가정집의 어린아이라면 먹고 싶은 간식이 생기면 부
모에게 사달라고 해야 하지만 소위 '슈퍼 집' 아이들은 간
식, 특히 아이들이 좋아하는 달고 짭짤한 간식을 먹기가 수
월하다. 빵집 딸이었던 나도 그랬다. 엄마도 빵을 먹는 것만
큼은 아무런 제재를 하지 않았다. 매 끼니 밥을 챙기는 게
번거로우니 빵으로 식사를 때우겠다고 하면 오히려 고마워
했다. 아빠가 정성 들여 만든 빵이니 우리에게는 빵이 아빠
표 홈 메이드 간식이었던 셈이다.

빵은 정말 세상에서 제일 맛있는 음식이었다. 지금도 좋
아하는 음식으로 오븐에서 갓 나온 따끈하고 고소한 빵을
꼽을 정도니 어린 시절에는 오죽했겠나. 그때는 오븐에서
빵이 나오는 시간을 기다렸다가 앉은자리에서 서너개를 먹
어치웠다. 그렇게 먹어도 나는 계속 갈비씨였으니까. 생리
전증후군으로 인해 식욕이 폭발할 때도 내가 가장 손쉽게

구할 수 있는 음식은 빵이었다. 생리 전후로 식욕을 주체할 수 없을 때마다 빵을 먹어댔다.

1년에 5센티미터씩 꾸준히 자라던 키는 생리를 시작한 첫 1년 동안 3센티미터만 자라더니 그 이후에는 멈춰버렸다. 초등학교 4학년까지 반에서 제일 뒤에 섰던 나는 해가 갈수록 한줄 한줄 앞으로 이동했고 중학교에 올라가서는 맨 앞줄에 섰다. 어릴 때 동네 어른들에게 '너는 키도 크고 성장이 빠른데, 우리 애는 언제 너만큼 크니'라는 말을 자주 들었던 나였는데, 해마다 키가 크고 가슴도 커지면서 제법 어른 티가 나는 친구들 사이에서 나는 어느 순간 '작고 통통한 애'가 되어 있었다. 그러나 당시에 나는 내가 날씬하다고 생각했다. 나는 원래 갈비씨였으니까.

중학교 2학년 때 친구들과 찍은 사진을 본 나는 큰 충격에 빠졌다. 날씬하고 예쁜 친구들 사이에 있는 못생기고 뚱뚱한 아이, 그게 바로 나였다. 태어나서 처음으로 내가 뚱뚱하다고 느꼈고, 태어나서 처음으로 내가 싫어졌다. 그리고 태어나서 처음으로 다이어트를 시작했다.

다이어트를 멈출 수 없었다

 열다섯살의 나는 살을 빼고 싶었다. 먹는 양을 줄이고 운동을 했지만 체중은 좀체 줄어들지 않았다. 어려서부터 먹는 것을 좋아했기에 먹고 싶은 음식이 너무 많았다. 식사량을 줄이는 게 힘들어 대신 운동량을 늘렸다. 하루 두시간씩 걷고 두시간씩 무언가를 들었다. 먹는 양을 줄이지 않고 운동을 늘린 덕에 나는 '건강한 돼지'가 됐다.

 나에게는 언제나 먹어야 할 이유가 있었다. 배가 고프지 않아도 아침은 아침이니까 꼭 먹어야 한다. 점심을 거르면 저녁 전까지 배가 고파 힘들 테니 점심은 필히 먹어야 한다. 저녁을 안 먹으면 밤에 배가 고파 잠이 오지 않을 수도 있으니 저녁은 당연히 먹어야 한다. 세끼를 챙겨 먹어야 하는 것은 언제나 지켜야 하는 나의 규칙이었다. 삼시 세끼를 반드시 먹어야 하는 아빠의 영향일 수도 있고 언제나 먹는 것만은 부족하지 않게 챙기려던 엄마의 노력 때문일 수도 있다.

내가 고등학교를 다니던 시절에 '아침밥 먹기 운동'이 일어났다. MBC 예능 프로그램 「느낌표」의 '하자하자'라는 코너는 사회적으로 꽤 이슈가 됐다. '전국의 모든 고등학생이 아침밥을 먹고 오는 그날까지'라는 슬로건을 내걸고 한 개그맨이 요리사와 함께 학교를 찾아가 학생들을 위한 깜짝 아침식사를 준비했다. 아침밥을 거르고 새벽부터 등교해 피곤에 찌든 얼굴로 '0교시' 수업을 듣는 청소년들이 그날만은 환하게 웃으며 아침밥을 먹는 장면은 시청자들에게 큰 감동을 주었다. 이 방송을 본 이후 엄마는 가게 일로 피곤한 와중에도 자식들의 아침을 꼭 챙겼다. 삼시 세끼를 든든하게 챙겨 먹는 일은 우리 집에서 가장 중요한 일이자 일종의 신앙과도 같았다.

그 때문인지 나는 다이어트 중이라는 소리를 입에 달고 살았으면서도 한번도 끼니를 거른 적이 없었다. 대학교에 입학해 수업을 들을 때 오전과 오후 필수 교양강의 사이 시간이 30분밖에 없는 것이 도무지 이해가 가지 않을 정도였다. '점심은 어떻게 먹으라는 거지?' 나는 기어이 점심을 챙겨 먹느라 종종 강의에 늦기도 했다.

매 끼니를 챙겨 먹었지만 음식을 먹고 싶은 대로 먹은 건 아니었다. 대학에 들어가 본격적으로 다이어트에 돌입한 이후로 식품 영양에 대해 공부하기 시작했다. 음식을 먹을 때마다 칼로리가 얼마인지 어떤 성분인지 인터넷으로 검색하고 제품에 붙은 영양 성분표를 꼼꼼히 살폈다. 탄수화물이 주성분인 음식은 섭취 불가, GI(혈당)지수가 높은 것도 섭취 불가, 지방과 당 성분이 많은 음식은 당연히 섭취 불가, 단백질은 무조건 많이.

요새는 '저탄고지'(저탄수화물 고지방) 식이요법이란 말이 있을 정도로 지방에 대한 인식이 달라졌다. 또한 탄수화물이 지방으로 합성되는 것을 억제해 체지방 분해에 도움을 준다는 가르시니아가 불티나게 팔릴 만큼, 탄수화물 과다 섭취가 체중 증가에 큰 영향을 준다는 것도 많이 알려졌다. 하지만 10년 전만 해도 '한국인은 밥심'이라는 말이 통하던 시절이었다. 이것저것 자료를 찾아본 나는 탄수화물이 다이어트의 적이라 생각했고, 쌀밥을 끊었다. 탄수화물에 함유된 당이 나쁜 것이라는 말에 설탕은 물론 당, 청 등이 들어간 음식을 모두 끊었다. 계란 노른자는 하루에 한개, 두부는 칼로리가 높으니 한끼에 100그램만 먹었다. 채소와 흰살생선은 무조건 많이, GI지수가 높은 감자는 먹을 수 없는 음식이 됐고 고구마도 몸에 좋은 탄수화물이긴 하지만 칼로리가 높으니 중간 크기로 하루에 두개까지만, 바나나도 좋은 탄수화물을 섭취할 수 있는 식품이지만 칼로리가 높으니 한끼에 한개만 허용했다. 이 단계가 되면 음식을 먹을 때 자동으로 칼로리 계산이 된다. 50그램이 어느 정도인지 100그램이 어느 정도인지는 눈썰미로도 파악할 수 있다.

머릿속으로 오늘 먹은 음식들의 칼로리를 합산한다. 하루 동안 섭취하는 음식이 1000킬로칼로리가 넘으면 안 된다. 아침에 먹은 음식이 800킬로칼로리가 넘으면 그날 남은 하루 나에게 주어진 것은 200킬로칼로리다. 무엇을 먹어야 할지, 얼마나 먹어야 할지, 음식에 대해 하나하나 알아갈수록 먹을 수 있는 것들이 하나하나 줄어들었다. 어느 시점까지는 먹어야 할 것과 먹지 말아야 할 것을 지키는 일이 그리 어렵지 않았다. 스스로 통제 가능하다고 여겨졌다.

음식을 통제해가는 만큼 반대로 폭식에 대한 욕구가 생겨났다. 하루에 두개까지만 먹어야 하는 고구마를 세개째 먹고 싶을 때, 참지 못하고 한끼에 바나나를 두개 먹어버렸을 때, 혹은 잡곡밥이 아닌 쌀밥을 숟가락 가득 담아 먹고 싶을 때도 폭식의 유혹은 어김없이 밀려왔다. 이 유혹을 참아냈을 때 나 스스로를 제대로 통제하고 있다는 착각에 빠지게 된다. 나의 일상이 이미 음식에 휘둘리고 있다는 것을 깨닫지 못한 채 말이다.

식단을 조절하는 만큼 운동도 많이, 그리고 오래 했다. 새벽이든 늦은 밤이든 무엇인가를 먹었으면 그만큼의 칼로리를 다 소비했다고 생각될 때까지 운동을 멈추지 않았다. 그러나 아무리 식단을 조절하고 운동을 해도 내가 원하는 체중이 되지 않았다. 운동하는 시간을 더 늘려봤다. 그래도 체중은 그대로였다. 아무리 해도 나는 안 된다는 자기혐오에 빠졌을 때 최후의 방법으로 초절식 식단을 따랐다. 그러자 두달 만에 비로소 내가 원하는 체중이 됐다.

살이 빠지니 꽉 끼던 옷에 여유가 생겼다. 기뻤다. 태어나서 처음으로 가치 있는 일을 해낸 것 같았다. 욕심이 났다. 식사량을 더 줄였다. 이쯤 되자 음식은 더이상 '먹어야 하는 것'과 '먹지 말아야 할 것'으로 나뉘지 않았다. 음식의 영양 성분 따위도 중요하지 않았다. 음식의 칼로리가 높은가 낮은가, 그 사실 하나만 중요했다. 건강에 좋으냐 나쁘냐가 아니라 살이 찌느냐 안 찌느냐로 음식을 분류하기 시작했다.

밥을 먹고 나서 조금이라도 옷이 타이트해지면 포만감이

지속되는 내내 내 몸이 점점 커지는 것 같은 과대망상에 빠졌다. 키가 2미터가 넘고 몸무게가 100킬로그램이 넘는 거구로 변하는 것 같았다. 그러면 그런 기분이 사라질 때까지, 배가 꺼질 때까지 무작정 걸었다. 그런 기분을 다시는 느끼고 싶지 않아 점점 더 음식을 줄였다. 더 많이 걷고 더 많이 운동했다. 계속해서 배가 고팠다. 그래도 참아야 했다. 살이 빠지고 있으니까. 살이 찌면 세상이 끝나니까.

첫 구토

2004년 대학교 1학년 겨울방학, 나는 명동의 한 의류매장에서 아르바이트를 했다. 대학에서 의상디자인을 전공하면서 실제로 사람들이 옷을 살 때 어떤 부분을 고려하는지 궁금했다. '정말 이런 옷을 입는 사람이 있을까' 싶었던 디자인의 옷도 찰떡같이 어울리는 사람들이 있는 게 너무 신기했다. 진짜 옷을 사려고 매장에 들어오는 사람과 지나는 길에 잠깐 구경만 하려고 들른 사람을 구분하는 노하우도 생겼다. 사람들의 겉모습만으로는 알 수 없는 복잡 미묘한 감정들이 존재했고 옷가게에는 옷가게만의 보이지 않는 질서와 규칙이 있었다. 눈치가 빠른 편이었던 나는 아르바이트를 시작한 지 얼마 되지 않아 꽤 높은 매출을 올리기도 했다.

나는 의류매장에서 오전 10시부터 밤 10시까지 근무했다. 지금으로서는 상상하기 어려운 노동 강도지만 당시에는 대부분의 판매직이 하루 12시간씩 근무했다. 오전에 출근해 청소를 하고 입고된 옷을 정리한 후 오후 1시경에 점심을 먹는다. 옷가게는 사람이 붐비는 시간대가 정해져 있지만 내가 아르바이트를 했던 때는 방학 기간이라 쉴 없이 손님이 찾아왔다. 오후 6시가 되면 저녁을 먹는다. 그리고 퇴근한 직장인 손님까지 치르고 나면 퇴근 시간이 된다. 점심과 저녁을 먹을 때를 빼고는 온종일 서 있었다.

대부분의 의류매장처럼 내가 일하던 매장에도 곳곳에 거울이 붙어 있었다. 손님이 없을 때는 진열된 옷들을 정리하면서 틈틈이 거울 앞에서 몸단장을 했다. 옷가게의 거울은 실제보다 날씬해 보인다. 마케팅 전략이다. 날씬해 보이는 그 모습이 좋아 하루 종일 거울에 비친 내 모습을 흘끗흘끗 봤다.

매장에는 나를 포함해 총 네명이 근무했고, 식사는 한명씩 돌아가며 했다. 근처 식당에 가거나 매장으로 배달 음식을 시켜 두칸짜리 탈의실 중 한칸에 들어가 밥을 먹었다. 그때는 스마트폰이 나오기 전이라 밥을 먹으며 책을 보거나 그저 먹기에만 집중했다.

식당 음식이든 배달 음식이든 밖에서 먹는 음식은 대부분 기름지고 간이 셌다. 그리고 나는 다이어트 중이었다. 그것도 꽤 극단적인 다이어트. 지금처럼 다이어트 간편식을 판매하지도 않았을뿐더러 다이어트를 한다고 음식을 가려 먹으면 집단생활에서 유난을 떠는 애로 여겼다. 아르바이트생 중에서도 막내였던 나는 유별나 보이지 않기 위해 눈치껏 내가 먹을 수 있는 것만 골라 먹었다. 그 음식들 중 내가 먹을 수 있는 것은 얼마 되지 않았다. 가령 짬뽕 위에 올라간 양파라거나 순두부찌개 속의 순두부 정도. 초절식 식단을 유지하기 위해 탄수화물과 고기는 골라내고 야채 몇조각으로 버티는 나날이 지속됐다. 그렇게 먹으면 포만감은 이내 사라지고 퇴근 시간인 10시가 되면 무슨 버튼이 눌린 것처럼 갑자기 강한 허기가 몰려온다. 야식은 다이어트에 독약과도 같다. 그러나 '배고파'와 '먹으면 안 돼'를 반복하는 동안 허기는 걷잡을 수 없이 강해진다.

어느 퇴근길, 배고픔을 도저히 참을 수가 없었다. 당장 아무거라도 먹지 않으면 그 자리에서 죽을 것 같았다. 지하철역을 나오자마자 그 앞에 있는 마트에서 대용량 과자를 샀다. 떨리는 손으로 봉지를 뜯어 달콤한 과자를 입에 넣었다.

그 순간 형용할 수 없는 행복감이 밀려왔다. 그때만큼은 그 과자가 세상에서 가장 맛있는 음식이었다.

지하철역에서 집까지 가는 10분 동안 허겁지겁 정신없이 과자를 먹었다. 더이상은 안 된다는 생각을 하면서도 멈출 수가 없었다. 집에 도착할 때쯤 과자 봉지도 바닥을 보이고 있었다. 과자 봉지가 비워질수록 행복감은 점점 후회와 자괴감으로 바뀌었다. 여러가지 생각과 감정에 머릿속이 복잡해지면서 사고가 마비됐다.

'지금 먹은 게 다 합쳐 몇 칼로리지? 살이 찌면 어떡하지? 싫은데, 죽어도 싫은데. 이 시간에 이걸 다 먹어치우다니! 분명 다시 뚱뚱해질 거야!'

집에 도착하자마자 화장실로 달려갔다. 목구멍 안으로 손가락을 깊숙이 넣어 방금까지 먹은 과자를 다 게워냈다. 불안감과 공포심도 함께 게워졌다. 열다섯살에 다이어트를 시작한 이래로 처음으로 먹은 걸 토했다. 2004년 겨울의 일이었다.

식욕이라는 괴물

  괴물이 있다. 회색의 보들보들한 털이 통통한 살집을 감싸고 있는 괴물이다. 얌전한 성격의 괴물은 대부분 숲 한편의 동굴에서 지냈다. 낮잠을 자기도 하고 날아다니는 나비를 하염없이 바라보기도 하며 유유자적 시간을 보냈다. 숲은 평화로웠다. 배가 고프면 동굴 근처의 나무 열매를 따 먹었다. 숲의 동물들이 충분히 배부르게 먹고도 남을 만큼 열매는 풍족했다. 냇가에는 맑은 물이 흐르고 나무에는 사계절 다른 맛의 열매들이 열렸다.
  어느날 갑자기 숲에 기근이 찾아왔다. 차츰차츰 줄어드는 열매를 보며 조금은 걱정이 됐지만 기근이 곧 지나갈 거라고, 괜찮아질 거라고 괴물은 스스로를 다독였다. 그러나 시간이 흘러도 상황은 좀체 나아지지 않았다. 냇물은 눈에 띄게 말라갔고, 앙상해진 나뭇가지에 달린 열매는 익기도 전에 썩어서 떨어졌다. 걱정이 현실이 됐다.

괴물은 그나마 남아 있는 열매들을 따서 동굴에 저장했다. 배가 고플 때마다 하나씩 꺼내 먹으며 기근이 끝나기만을 기다렸다. 그러나 야속하게도 마지막 열매를 먹을 때까지 기근은 끝나지 않았다. 괴물은 절망감에 휩싸였다. 털은 푸석푸석해지고 통통하던 배는 홀쭉해졌다. 괴물은 포악해지기로 결심했다.

괴물은 살아남기 위해 다른 동물들의 음식을 약탈하기 시작했다. 무섭게 보이기 위해 나뭇가지로 뿔을 만들어 머리에 달았다. 열매를 찾기 위해 눈을 희번덕거렸다. 숲은 더욱 메말라갔고 이제는 약탈할 음식조차 남지 않았다. 괴물은 자기도 모르게 점점 더 포악해졌다. 괴물에게 남은 것은 허기뿐이었다. 무언가를 먹을 수 있다면 그 어떤 대가라도 치를 수 있을 것 같았다.

다시 얼마간의 시간이 흐른 뒤 냇가에는 차츰 물이 불어났고 나무에는 열매들이 하나씩 열리기 시작했다. 그러나 괴물은 열매가 익을 때까지 기다릴 수 없었다. 다른 동물들이 먹어버릴까봐 겁이 났다. 괴물은 아직 익지도 않은 열매를 성이 찰 때까지 먹었다. 설익은 열매를 먹은 탓에 배탈이 나고 이따금 두드러기가 생기기도 했지만 멈출 수 없었다. 또 언제 기근이 올지 모르기에.

숲의 동물들은 괴물을 피해 다른 숲으로 이동했다. 괴물이 숲의 열매를 혼자서 다 먹어버리는 것도 문제였지만 무엇보다 괴물이 너무 무서웠다. 괴물은 한 나무의 열매를 다 먹어치우고 다른 나무의 열매가 맺히기만을 기다렸다. 기다림은 너무 괴로웠다. 참다못한 괴물은 급기야 나무의 이파리를 먹어치우더니 나무껍질까지 갈아 먹었다. 괴물은 너무너무 무서웠다. 또 기근이 올까봐. 숲에는 이제 괴물밖에 없었다.

식욕은 괴물이었다. 다이어트를 시작했을 때부터, 정확히 말하자면 본격적으로 식단을 조절하기 시작한 뒤로 나는 나의 비정상적인 식욕이 괴물처럼 느껴졌다. 배를 채울 수 있다면 어떤 것이든 먹었고 걱정하는 주변 사람들을 위협했다. 나의 다양한 욕망과 욕구가 내 안의 숲에서 조화롭게 살아가고 있었는데, 어느날부터인가 식욕이 다른 모든 것들을 없애버리고, 나마저 없애버렸다. 내가 괴물이 됐다. 나는 식욕 그 자체였다.

의류매장에서 두달간의 아르바이트가 끝난 후 나의 체중은 가장 많이 나갔을 때에 비해 8킬로그램이 줄어 있었다. 동시에 정신적으로도 많은 변화가 있었다. 먼저, 지나치게 먹을 것에 집착했다. 단순히 식탐이 강해진 것을 넘어 음식이라는 것 자체가 나의 온 정신을 지배했다. 하루의 반은 먹고 싶은 것에 대한 생각, 나머지 반은 먹은 것에 대한 후회로 채워졌다. 음식에 중독된 것이다.

나의 식욕은 괴물이 되어 나를 집어삼켰다. 다이어트를 위해 음식 섭취량을 극단적으로 줄이자 음식은 나의 식욕을 채워주지 못했고, 계속해서 식욕을 자극했다. 온종일 끊임없이 배가 고팠다. 비어 있는 위는 신경을 곤두서게 만들었고 예민해진 신경의 화살은 타인에게, 그리고 나에게로 향했다. 엄마 아빠는 왜 나를 이렇게 살이 잘 찌는 체질로 낳은 거야, 나는 왜 이렇게 살이 찔 때까지 스스로를 방치했지, 사회는 잘생기고 예쁜 사람만을 원하고 못생긴 사람에게는 기회조차 주지 않다니 너무 불공평해, 언니는 배고픈 나는 신경도 안 쓰고 어떻게 내 앞에서 야식을 먹을 수 있지… 별별 피해의식에 잠식되어갔다. 그리고 살찌는 것에 대한 극심한 공포에 시달렸다.

다이어트 초기에는 많이 먹어도 살이 찌지 않는다는 체질을 가진 사람들이 부러웠다. 많이 먹어도 살이 빠진다는 그런 사람들. 오랜 다이어트에 지칠 무렵부터는 반대로 과체중인 사람들이 부러워졌다. 내 눈에 그들은 먹고 싶은 것을 다 먹고 사는 행복한 사람처럼 보였다. 음식과 다이어트만 생각하고, 모든 사람을 체중으로 재단했다. 어쨌든 '모태 마름'은 불가능하고 과체중은 될 수 없으니 지금의 체중을 유지하기 위해 노력하는 수밖에 없었다. 그러기 위해서는 여기에서 2킬로그램을 더 빼야 했다.

2킬로그램은 보험이다. 한번 폭식을 해도, 며칠 방심해서 살이 조금 쪄도 지금의 체중을 유지할 수 있는 여유분, 2킬로그램. 53킬로그램에서 목표 체중이었던 45킬로그램까지 8킬로그램을 감량했다. 하지만 45킬로그램이 되자 꿈의 체중은 43킬로그램이 됐다. 2킬로그램이 쪄도 45킬로그램이 될 수 있는 43킬로그램이 되어야 했다. 힘겹게 44킬로그램이 됐다. 이제 1킬로그램만 더 감량하면 꿈의 체중에 도달할 수 있다. 더 힘겹게 43킬로그램이 됐다. 다시 목표가 생겼다. 41킬로그램이 되는 것이다. 2킬로그램이 쪄도 43킬로그램일 수 있는… 욕심은 끝이 없었고 내 삶은 점점 망가져갔다.

살을 빼고자 하는 욕심이 커질수록 나의 식욕 또한 정비례해 늘어났다. 식욕을 억제해야 한다고 생각하는 모든 순간 식욕은 나를 자극했다. 억눌러야 한다는 생각이 커질수록 식욕은 나를 잠식해갔다. 괴물처럼 말이다. 살이 찔까 너무너무 무서운 나를, 괴물은 결국 집어삼켰다.

악순환의 고리

처음 섭식장애가 발병한 건 언니와 3층짜리 작은 다세대 주택의 옥탑방에서 자취할 때였다. 광주에서 대학교를 졸업하고 서울에서 취직하고자 했던 언니와 서울 소재의 대학교에 입학한 나에게 둘이 함께 살라며 부모님이 구해준 방이었다. 건물 1층에는 슈퍼가 있었고, 2, 3층에는 친척들이 살고 있었다. 우리는 옥탑방에서 2년을 살았고, 그해 마지막 1년 동안 나는 섭식장애를 앓았다. 폭식증은 으레 살을 빼고자 하는 집착에서 시작된다. 그만큼 섭식장애 환자들은 외모에 관심이 많고 남의 눈을 신경 쓰는 경향이 있다. 그렇기에 외모뿐만 아니라 자신의 이상행동에 대해 남들이 어떻게 생각할지에도 신경을 곤두세운다. 나도 마찬가지였다. 혹시 내가 이상해 보이지는 않을까, 폭식증을 들키지는 않을까. 그래서 음식을 사 올 때도 굉장히 조심스럽게 행동했다.

2층과 3층의 현관문은 아파트와 같은 육중한 철문이 아닌 얇은 스테인리스 프레임에 안이 뿌옇게 보이는 격자무늬 유리가 끼워져 있는 형태였다. 방음이 제대로 되지 않았기 때문에 옥탑방에 사는 언니와 내가 외출했다 돌아오는 것을 아래층 사람들은 소리로도 알 수 있었다. 그리고 1층의 슈퍼 주인아주머니는 항상 가게 바깥을 바라보고 있었다. 폭식증을 앓기 전에는 생활에 필요한 소소한 물건들을 모두 그 슈퍼에서 샀다. 그러나 폭식증이 심해지고 하루에도 몇번씩 음식을 사야 했을 때는 더이상 그 슈퍼에 가지 못했다. 하루에 서너번씩 많은 양의 음식을 사는 것을 주인아주머니가 이상하게 생각할 것 같았기 때문이다.

건물 구조상 외출을 했다 집에 들어올 때는 꼭 그 슈퍼를 지나야 했다. 수시로 나가 음식을 사 오는 내 모습을 들킬까봐 나는 변장 아닌 변장을 했다. 모자를 깊게 눌러쓰고, 나갈 때마다 다른 옷을 입었다. 한번에 많은 양의 음식을 사놓으면 되지 않냐고 생각할 수도 있지만, 폭식증 환자였던 나에게는 매번이 마지막 폭식이었기에 다음 폭식을 위해 음식을 미리 사놓는 건 말도 안 되는 일이었다. 슈퍼의 주인아주머니가 하루에도 몇번씩 장을 보러 들락날락하는 나를 이상하게 생각하지는 않을지, 새벽에 편의점을 갈 때면 2, 3층에 사는 친척들이 나를 이상하게 생각하지는 않을지 매번 신경이 쓰였다. 그 행동들을 할 때마다 '내가 지금 뭐 하는 짓이지?'라는 생각이 들었다. 그래도 멈출 수가 없었다.

폭식증은 보통 폭식-구토-자기혐오라는 세 단계를 거치게 된다고 한다. 그리고 자기혐오가 다시 폭식을 부르며 이 과정이 반복된다. 악순환에 빠지는 것이다. 먼저 살을 빼고 싶은 욕구가 생겨나고 살을 빼기 위해 음식을 억제하면 그로 인한 보상심리로 식탐이 생겨 폭식을 하게 된다. 폭식 후 살이 찔 거라는 공포와 불안감이 강하게 들면 먹은 것을 모두 게워내고 만다. 그다음 나를 기다리는 것은 자기혐오. 식욕을 참지 못했다는, 그래서 '폭토'(폭식한 뒤 구토하는 일)를 해버렸다는 것에 대한 자기혐오다.

자기혐오가 견딜 수 없이 커지면 다시 폭식을 하고 싶은 마음이 들었다. 머릿속은 '폭식을 하고 싶다'와 '폭식을 하면 안 된다'로 꽉 차버리고 나는 이러지도 저러지도 못해 초조해졌다. 그리고 초조함에서 벗어나기 위해 다시금 먹는 것을 선택해버리고 말았다. '이렇게 초조하고 힘들 바에야

차라리 먹어버리자. 그래 그게 낫겠어'라는 생각으로 한동
안 폭식을 하는 스스로를 합리화했다. 이런 일이 반복되면
서 자기혐오가 극에 달하고 스스로를 형편없고 무능력하고
의지박약인 사람이라고 생각하게 됐다. 식욕 하나 제어하지
못하는 사람이 과연 무엇인들 제대로 할 수 있겠느냐는 생
각이 들어 너무 괴로웠다. 나에게 일어난 안 좋은 일들이 다
나의 무능함 때문인 것 같았다. 이런 생각에서 벗어나기 위
해 다시 음식을 찾았다.

　악순환의 고리에 빠지면 그때부터는 걷잡을 수 없이 폭식
증이 심해진다. 폭식과 구토가 습관이 되면 단순히 자기혐
오만이 폭식을 유발하지 않는다. 나는 모든 이유로 폭식을
했다. 불안하거나, 긴장이 되거나, 맛있는 음식을 보거나, 군
침 도는 냄새를 맡거나, 술을 마시거나, 육체노동을 하거나,
피곤하거나, 지루할 때도 폭식을 했다.

　나의 경우 폭식증이 가장 심할 때는 매 끼니 폭식을 했다.
이렇게 폭식과 구토가 이어지면서 정신은 점점 피폐해졌다.
죽고 싶지는 않지만 이렇게 살고 싶지도 않다는 생각이 들
었다. '과연 내가 폭토를 하지 않고 남은 인생을 살아갈 수
있을까?'

폭식형 거식증

섭식장애 환자의 진단 기준은 무엇일까? 거식증은 신경성 식욕부진증이라고도 부른다. 쉽게 말하면 음식을 안 먹거나 거부하는 것이다. 거식증 환자가 음식을 거부하는 첫 번째 이유는 살찌는 것이 싫어서인 경우가 많다. 폭식증은 거식증과 반대로 음식을 지나치게 많이 먹는 것이다. 그리고 폭식증 환자가 폭식하게 되는 주요 원인은 무리한 다이어트다. 살을 빼기 위해 먹는 것을 오랫동안 참다가 결국 식욕을 이기지 못하고 한꺼번에 폭발적으로 많은 양의 음식을 먹게 된다.

음식을 안 먹는 것과 너무 많이 먹는 것. 어찌 보면 정반대의 일로 보이지만 거식증과 폭식증의 기저에는 공통적으로 살찌는 것에 대한 두려움이 깔려 있다. 환자의 기질에 따라 그 두려움이 다른 방향으로 발현되고, 그 양극에 거식증과 폭식증이 자리하고 있는 것이다.

섭식장애는 결국 먹는 데 문제가 있다는 의미다. 흔히 알려진 거식증과 폭식증 외에도 음식이 아닌 것을 먹는 이식증, 먹은 것을 역류시켜 되씹는 되새김장애, 극소량의 음식이나 특정 음식만을 먹는 회피적·제한적 음식 섭취장애 등이 있는데 대부분은 소아기나 유아기에 나타나는 증상이다. 거식증과 폭식증 또한 의학적으로는 사춘기 시절에 주로 나타나는 증상이라고 설명하나, 국내 자료 대부분이 2010년 이전에 나온 것들이라 최근의 세태를 반영했다고 보기는 어렵다.

내가 공부한 바에 따르면 섭식장애는 음식을 거부하는 거식증으로 시작해 많은 양의 음식을 한꺼번에 먹는 폭식증으로 발전하며 악화된다. 거식증이 폭식증이 되는 과정에는 '충동 욕구'가 중요하게 작용한다. 인내심이 강하고 내향적인 사람일수록 심한 거식증이 될 확률이 높고, 충동적이고 외향적인 사람일수록 거식증에서 끝나지 않고 폭식증으로 넘어가게 될 확률이 높다. 그렇기에 개인의 성격이 형성되는 가정환경이 거식증과 폭식증에 영향을 주는 중요한 요소라고 할 수 있다. 이렇듯 거식증과 폭식증은 같은 원인과 비슷한 증상을 공유하고 있기 때문에 단순하게 음식을 거부하는 환자를 거식증, 음식을 많이 먹는 환자를 폭식증이라고 구분하기 어렵다.

『섭식장애』(김정욱 지음, 학지사 2016)에서는 거식증 환자를 주기적으로 폭식하는 폭식형 거식증과 계속적으로 음식을 절제하는 절제형 거식증 두가지로 구분한다. 그에 따르면 폭식형 거식증 환자들은 발병 이전에 체중이 많이 나갔을 확률이 높고 체중을 줄이기 위해 구토를 하거나 설사약을 남용한다. 또한 폭식형 거식증 환자는 절제형 거식증 환자에 비해 더 충동적인 성향을 보이며 행동을 통해 충동을 발산하는 경향이 있다고 한다. 나는 딱 여기에 부합했다. 감정을 여과 없이 표현했고 그만큼 다툼도 잦았던 가정환경 탓인지 어릴 때부터 하고 싶은 말이 있으면 꼭 해야 하고 화가 나면 화를 내야만 직성이 풀렸다.

다이어트를 하는 동안 나를 지배하는 욕구는 오로지 식욕뿐이었고, 아주 작은 자극에도 쉽게 휘둘렸다. 시장을 지나가다 맡게 되는 떡볶이 냄새, 치킨집에서 풍기는 고소한 기름 냄새, TV에 나오는 음식과 그것을 먹음직스럽게 먹는 사람들. 그뿐만 아니라 단순히 잠이 오지 않을 때부터 그저 심심하다고 느낄 때까지 시도 때도 없다.

일단 먹고 싶다는 생각이 들면 이성적 사고는 물론 식욕을 제외한 다른 감각까지 모두 마비된다. 음식을 입에 넣기 전까지는 먹어야 한다는 강력한 충동 때문에 초조해지고 입 안이 바짝바짝 마르며 손이 떨린다. 결국 충동을 이기지 못하고 음식을 먹기 시작하면 상상 그 이상의 양을 먹는다. '먹방'이나 '먹방 유튜버'가 인기를 끌면서 지금은 많은 양의 음식을 한꺼번에 먹는 것이 특이하지만 있을 수 있는 일 정도로 여겨지기도 하는데, 일반적으로 그렇게 많은 양의 음식을 한번에 먹는 것은 사실 비정상적인 행동이다.

폭식증 환자들의 폭식은 결코 먹는 행위라고 볼 수 없다. 평소 식습관과는 별개의 문제다. 폭식을 할 때는 오히려 평소 절대 먹으면 안 된다고 생각했던 음식들을 주로 먹는 경향이 있다. 나는 식욕이 일기 시작하면 제대로 씹지도 않고 단시간에 많은 양의 음식을 위 속으로 밀어 넣었다. 그리고 배가 부른 수준을 넘어 음식이 목까지 차올라 이러다 정말 위가 찢어질 수도 있겠다 싶을 정도의 통증이 느껴질 때까지 멈추지 않고 계속해서 음식을 입에 집어 넣었다. 먹방의 대명사라 불리는 한 연예인은 이렇게 말했다. "위는 오장육

부 중 유일하게 머리의 지배를 받는다. 나는 배불러도 뇌로 컨트롤할 수 있다." 웃자고 한 말이었겠지만 사람의 위가 늘어나는 수준은 정말 상상을 초월한다. 폭식할 때는 한번에 치킨 한마리, 피자 한판, 식빵 한봉지, 밥 한솥, 과자 열봉지 정도는 우습게 들어갔다. 마치 눈에 보이는 모든 음식을 다 먹어치울 수 있을 것만 같은 기분이 들었다. 그리고 위에서 소화가 되기 전 이 모든 음식을 다 게워냈다.

이러한 폭식 증상은 환자 스스로 제어할 수 없다. 오랜 식욕 억제와 불규칙적인 식사는 우리 몸의 배고픔과 배부름을 관장하는 식이중추의 신호체계를 불안정하게 만든다. 망가진 식이중추로 인해 많은 양의 음식을 먹어도 배부름을 느끼지 못하게 되어버리는 것이다. 개인의 의지와는 무관하다. 그래서 병이고, 제대로 된 치료가 필요하다.

나는 섭식장애가 다른 병과 다르지 않다고 생각한다. 예를 들어 신체 어느 한 부분에 염증이 생긴 것을 모르고 방치하다가 결국 합병증이 생기거나 심각한 병으로 발전하는 것처럼, 식이중추에 이상이 생긴 것도 모른 채 계속해서 식욕을 억제하다가 섭식장애라는 병이 되는 것이다. 다른 환자들이 나아지기 위해 약을 복용하거나 수술을 받는 등 여러 가지 치료를 하듯 섭식장애 환자도 나아지기 위해 적극적으로 치료를 해야 한다. 그저 시간이 흐르면 저절로 낫는 병이 아니다.

섭식장애라는 병에 걸리기는 상대적으로 쉬워도 완치는 쉽지 않다. 재발률도 높다. 우울증을 '마음의 감기'라고들 하지만 이는 너무 가벼운 표현이다. 한때 우울증을 개인의 의지 문제라 여겨 환자들에게 "긍정적으로 생각해" "힘내, 이겨낼 수 있어" 같은 무신경한 말을 충고랍시고 건네던 시기가 있었다. 이제는 많은 이들이 그들에게 건네는 긍정의 말이 긍정적인 결과로 이어지지 않을 수 있다는 것을 알 정도로 우울증에 대한 인식 전환이 이루어졌다. 극심한 경쟁에 노출된 사람에게 번아웃이 생기고, 미래에 대한 공포가 극대화된 사람에게 공황장애가 생기듯 섭식장애도 외모가 곧 한 사람의 가치를 평가하는 기준이 되어버린 사회에서 생긴 질병은 아닐까? 이를 개인의 문제 혹은 의지의 문제로만 치부할 수는 없다.

정신과 치료 시작

1년 동안 폭식증에 시달리다 정신과 치료를 받기로 결심했다.

섭식장애는 임상치료나 수술치료보다 상담이 효과적이라고 한다. 실제 치료는 상담이 주를 이루기 때문에 의사마다 치료 방식에 차이가 있지만 일반적으로 세가지 치료가 병행된다. 상담, 인지행동치료, 약물치료다. 상담은 담당의와 대화를 통해 섭식장애의 근본적인 원인을 찾고 이를 개선하는 치료, 인지행동치료는 식사일지를 쓰고 음식량을 늘려가며 신체적인 개선을 해나가는 치료다. 섭식장애 초기 단계라면 약물치료까지는 필요 없다.

식이장애클리닉 '마음과 마음' 사이트에 따르면 섭식장애는 증상에 따라 다섯가지 단계로 나뉜다. 1단계는 자신의 의지에 따라 정상적인 다이어트를 하고 있는 상태, 2단계는 거식증 혹은 폭식증이라고 분명히 진단을 내릴 수 없지만 다이어트 행동에 조금씩 문제가 나타나기 시작하는 상태, 3단계는 거식증 혹은 폭식증으로 완전히 진단을 내릴 수 있는 상태, 4단계는 병적인 증상이 자동적으로 일어나는 시기, 5단계는 매일매일의 삶이 대부분 병적인 증상으로 채워지는 시기다.

나는 가장 심각한 5단계에 해당됐기 때문에 처음부터 약물치료를 병행했다. 환자별로 다르겠지만 나의 경우 식욕억제제와 항우울제 등을 처방받았다. 상담이나 약물치료는 그 방법이 쉽게 떠오르겠지만 인지행동치료가 어떤 식으로 이루어지는지 잘 모르는 이들이 많을 것 같다. 폭식증 환자는 대개 자신이 정해놓은 적정 섭취 칼로리가 넘어가면 불안감을 느낀다. 인지행동치료는 내가 누구와 어떤 음식을 먹었고, 음식을 먹을 때 어떤 기분이었으며, 음식을 먹은 후 어떤 감정이 느껴졌는지 등을 기록한 식사일지를 토대로 이루어진다.

나의 경우 병의 근원을 찾는 것보다 당장의 문제행동을

교정하는 것이 조금 더 쉬웠다. 상담보다는 인지행동치료의 효과가 더 빠르고 즉각적으로 나타났다. 인지행동치료사는 나에게 하루 세 끼 적당한 양의 일반식을 먹고 아침과 점심, 점심과 저녁 사이에 간식을 먹으라고 권했다. 허기를 느끼는 것은 폭식증 환자가 가장 피해야 하는 상황이기에 적은 양의 음식을 꾸준히 먹음으로써 배고픔에 대한 자극을 피하라는 것이다. 여기서 유의해야 할 점은 음식을 먹으며 칼로리 계산을 하지 않는 것이다. 그러면서 점점 음식에 대한 공포감을 줄이고 식사에 대한 인식을 전환해나간다. 인지행동치료의 중요한 목표 중 하나는 체중 증가다. 섭식장애 환자들은 체중이 느는 것에 대한 극도의 공포를 느껴 음식을 거부한다. 체중이 늘어도 괜찮다, 당신이 걱정하는 상황은 발생하지 않는다는 것을 깨닫게 해주는 것이 인지행동치료의 핵심이다. 그래야 정상적인 식단을 유지할 수 있고 건강한 신체와 정신으로의 회복이 가능하다.

나는 착한 환자가 되어 치료에 집중했지만 체중은 좀처럼 늘지 않았다. 한번도 빠뜨리지 않고 식사일지를 쓰고 병원에서 권고하는 식습관을 지켰다. 약도 열심히 복용했다. 치료를 시작한 후로는 폭토도 멈췄다. 그럼에도 나의 체중은 늘지 않았다. 살찌면 안 된다는 내 안의 공포는 의사의 예측보다 훨씬 거대했다. 나에게 왜 치료가 필요하고, 치료를 위해 무엇을 해야 하는지 인식하고 있음에도 살찌는 것에 대한 공포를 깨부수기란 쉽지 않았다. 그렇기 때문에 상담치료가 필요하다.

상담에 앞서 진단을 위해 많은 양의 검사를 했다. 담당의가 직접 해야 하는 검사는 병원에서 진행했고, 그외에 설문지를 작성하면 되는 검사는 집으로 가져와 나 혼자서 진행했다. 담당의와 함께 한 검사는 데칼코마니 같은 그림을 보고 느낀 바를 말하는 것이었고, 집에서 나 혼자 한 검사는 성격이나 우울증 진단 테스트였다.

의사는 이 검사를 토대로 환자를 진단한다. 이후에 이루어지는 가족상담에서는 진단 내용을 가족과 공유하며 앞으로의 치료 과정을 설명하고, 가정에서 어떤 협조가 이루어져야 하는지 등을 당부한다. 환자와 가족이 함께 하는 상담 후에는 환자를 제외한 가족만 별도 상담을 진행한다. 그리고 주기적으로 가족이 함께 상담을 받게 되는데 나의 경우 부모님이 지방에 있는 관계로 가족상담은 초기에 두번만 받았다.

섭식장애를 치료하기 위해서는 꼭 병원에 가야 한다. 그럼에도 많은 이들이 정신과 치료 기록이 남으면 혹시라도 나중에 부당한 일을 당할까 걱정해서 정신과 방문을 꺼린다. 정신과 치료 기록은 건강보험심사평가원과 국민건강보험공단에 5년간 기밀 기록으로 보존하게 되어 있으며, 법률로 규정된 국가 사무에 필수적인 경우를 제외하고는 어떤 경우에도 열람이 금지되어 있다. 또한 의료법상 병원의 기록 보관은 10년으로 이 역시 기밀 유지를 하게 되어 있다. 병원 자료를 본인의 동의 없이 열람하거나 복사하는 것은 불법이다. 그러니 조금은 편안한 마음으로 병원의 문을 두드려보기를 바란다.

2장 / 섭식장애와 함께 오는 것

내향적이면서 외성적인

    섭식장애 치료를 받는 동안 병원에서 섭식장애를 앓는 친구들을 만난 적이 있다. 일종의 동지라고나 할까.

    우연히 세명의 가족상담일이 겹쳤고 시간도 비슷해서 세 가족이 병원 대기실에 함께 있게 됐다. 가족상담에 가족 전원이 참석하기는 힘들기 때문에 비교적 일정 조율이 용이한 식구가 함께 하는 경우가 많았고, 대개는 환자의 엄마가 상담에 참여했다. 그렇게 대기실에 세명의 딸과 세명의 엄마가 마주 앉아 있다보니 자연스럽게 엄마들의 수다가 시작됐다.

    "우리 애 때문에 정말 걱정이에요. 자제분은 어쩌다가…"

"저희 애는 도무지 뭘 먹지도 않고 방에서 나오지도 않아 제가 겨우 데리고 왔어요."

"우리 집 애는 일본에서 유학 중인데 방학 동안 치료받으려고 왔어요."

엄마들에 의해 연결된 우리는 이내 친해졌다. 기뻤다. 겨우 나와 같은 고통을 겪는 동지를 만난 기분이었다. 그중 한 명은 거식증으로 음식을 먹지도 않고 방 안에만 있다고 했다. 꾸미지 않은 얼굴에 말수가 없는 아이였다. 나처럼 병원 치료가 처음이라고 했다. 다른 한명은 폭식증이었다. 일본에서 만화를 전공한다는 그애는 마스카라가 강조된, 당시 유행하던 일본풍의 짙은 화장을 하고 있었다. 우리 중에 가장 말이 많고 밝았다. 이미 여러차례 치료를 받았고 이번에 재발했다고 했다. 우리 셋은 같으면서도 달랐다.

우리는 따로 시간을 내어 병원 밖에서 만났다. 그때도 거식증인 아이는 도통 말이 없었다. 함께 있는 것이 좋은 건지 싫은 건지 알 수 없었다. 폭식증인 아이와는 많은 이야기를 주고받았다. 화장법이라든지 일본 가수나 영화 이야기 같은 것들. 그 친구와 나는 둘 다 폭식증을 앓고 있었지만 같은 점도 있고 다른 점도 있었다. 폭식할 때 나는 딱히 음식의 맛을 느끼지 못했던 반면 그 아이는 모든 음식이 너무 맛

있다고 했다. 나는 어차피 다 게워낼 것이기에 음식에 지출하는 돈이 아까웠지만 그 아이는 맛있는 음식을 사는 데 돈을 아끼지 않는다고 했다.

병에 대한 공감대를 형성하고 많은 대화를 했음에도 우리의 만남은 두번을 넘기지 못했다. 서로의 아픔을 공감할 수 있기에 금방 친해졌지만 서로에게 자신의 모습이 투영되어 그 만남을 오래 지속할 수는 없었다. 우리는 많은 부분이 달랐지만 섭식장애로 자신을 혐오한다는 점은 같았다. 그리고 친해졌을 때와 같은 이유로 멀어지게 됐다. 같은 고난을 공유했고 같은 자기혐오에 빠져 있었다. 자기혐오에 빠져 있는 나의 모습을 다른 사람을 통해 보는 일은 쉽지 않았다.

나의 동지들이 나와 달랐듯 섭식장애를 앓는 환자의 성격을 한가지로 설명할 수는 없다. 스스로를 통제할 수 없어진 후 나는 내가 알던 내가 아니었다. 스스로를 잘 안다고 자부했건만 실제로는 놀라울 정도로 나 자신에 대해 아는 것이 없었다. 나는 나에 대해 알아야 했다. 이는 섭식장애 치료의 첫번째 단계이자, 병의 원인을 찾는 출발점이기 때문이다.

사람의 성격을 나누는 방법은 여러가지가 있겠으나 개인적으로는 내향·외향으로 분류하는 방식이 흥미롭다. 내향적인 것은 내성적인 것과는 다른 개념이고 외향적인 것과 외성적인 것도 차이가 있다. 조금 거창하지만 스위스의 정신의학자 카를 구스타프 융까지 끌어들이자면, 그는 내향·외향은 성격의 방향에 대한 것이며 내성·외성은 성격의 특징적인 부분이라고 정의했다. 이 지점에서 성격적 모순을 경험하게 되는데, 내향적인 사람이라도 외성적일 수 있고 외향적인 사람이라도 내성적일 수 있기 때문이다. 내향적이며 외성적인 사람은 사람들과 어울리는 것을 즐기지 않지만 무리에 잘 어울리고 자신의 생각도 잘 표현한다. 외향적이면서 내성적인 사람은 사람들과 어울리는 것을 좋아해 항상 무리 안에 있지만 자신의 생각은 잘 표현하지 않을 수도 있다. 융의 이론에 따르면 나는 내향적이면서 외성적인 사람이었다.

어린 시절을 회상해보면 내 주변에는 항상 친구들이 많았다. 학교에서는 자연스럽게 또래문화가 형성되면서 늘 우르르 몰려다니는 무리 안에 있었다. 그렇다고 그 안에서 편안함을 느낀 것은 아니었다. 성격도 활발하고 대화도 잘 이끌어갔지만 또래들과 있을 때면 왠지 마음 한곳에 무엇인지 모를 조금의 불편함이 있었다. '혼자 있고 싶지만 외로운 건 싫어' 같은 마음이랄까.

예상치 못한 행동을 하고 나서 내가 왜 그랬는지 도무지 이해하기 어려울 때가 종종 있다. 나에게는 폭식증이 그랬다. 그 원인을 알고 싶었고 성격 유형에 대한 설명은 내가 왜 그런 병에 걸리게 됐는지에 대한 힌트를 주었다. 인간을 몇가지 유형으로 나누어 단정 짓는 것은 위험한 일이지만 스스로를 객관화해서 한발치 떨어져 바라보기 위해서는 이러한 성격 유형 분류가 참고가 된다.

섭식장애를 설명하는 전문서적을 보면 거식증 환자는 내성적인 경우가 많고 폭식증 환자는 외성적인 경우가 많다고 한다. 둘 다 음식을 억제하려는 똑같은 욕구를 갖고 있지만 외성적인 사람은 충동적 기질이 강해 폭식을 해버리는 경우가 많다. 내가 만났던 섭식장애 친구들을 떠올리면 큰 범위에서 틀린 말은 아니지만 같은 거식증이나 폭식증을 앓고 있는 사람일지라도 다들 천차만별의 성격을 지니고 있다. 그러니 선부르게 '내가 어떠한 성격 유형이기 때문에 나에게 이런 병이 생겼을 거야'라는 식의 생각은 하지 않는 것이 좋다. 섭식장애를 유발하는 각자의 사연과 원인이 분명히 있을 것이다.

또 하나 잊지 말아야 할 것이 있다. 한번 스스로를 객관화해 정의 내렸더라도 나이를 먹고 경험이 늘어나면서 성격과 자아가 변할 수 있다는 점이다. 그때는 맞았던 것이 지금은 틀릴 수도 있다. 사람은 정말 안 변한다고 하지만 어떤 면에서 보면 사람만큼 잘 변하는 존재도 없지 않나. 나는 내가 계속 변한다고 느꼈다. 내 폭식증도 지난 십수년 동안 수없이 많은 유형 변화를 보였다. 내 인생이 바뀌고 나 자신이 변해온 것과 같이.

타고난 예민함

 눈치가 빠르고 섬세하고 예민한 성격을 가진 사람을 '초민감자'(empath)라고 부른다고 한다. 미국의 정신과 전문의 주디스 올로프의 『나는 초민감자입니다』(최지원 옮김, 라이팅하우스 2019)에 의하면 초민감자는 "대부분의 사람들에게 있는 필터가 없어서 타인의 감정과 에너지, 신체 증상을 자신의 몸으로 고스란히 느끼는" 사람들을 말한다. "때로는 남의 고통을 자신의 고통과 구분 못 해서 힘들어하기도 한다." 초민감자란 말이 사용되기 시작한 것은 비교적 최근으로, 이를 현대에 유행하는 미신으로 보는 시선도 있지만 나는 이 말에서 스스로에 대한 힌트를 얻을 수 있었다.

올로프는 초민감자의 유형을 신체적·정서적·직관적 세 가지로 나누어 설명한다. 나는 이 중 정서적 초민감자라 할 수 있다. 정서적 초민감자는 "다른 사람의 감정을 주로 감지하며, 행복이든 슬픔이든 가리지 않고 스펀지처럼 빨아들인다." 그리고 일정 거리 안에 있는 타인의 감정을 고스란히 느낀다고 한다. 나는 그저 내가 눈치가 빠른 사람인 줄 알았다. 또한 초민감자는 민감성을 둔화시키기 위해 술이나 마약, 쇼핑 등에 중독되는 경우가 있다고 하는데, 이는 자신을 안정시키기 위한 무의식적인 행동이다. 나는 음식에 중독됐다.

초민감자는 정이 많은 성격이라 자신보다 남을 돌보는 데 더 많은 시간을 할애하다보니 스스로 도우미 역할에 사로잡히게 된다고 한다. 그로 인해 집단에 소속되어 있는 것에 대한 피로감이 크다. 이러한 성격 유형을 가진 사람은 모 아니면 도라는 극단적 성격을 지닌 경우가 흔한데, 나도 그랬다. 집단 속에 있을 때는 그 안에서 완벽하게 적응하며 집단에 필요한 존재가 되기를 원했다. 그렇게 되기 위해 스스로를 압박했다.

나는 낯선 사람에게 말을 걸거나 다른 사람과 대화하는 일에 두려움이나 어려움을 느끼는 건 아니었지만 어쨌든 누군가와 대화를 하고 나면 스트레스가 누적됐다. 그 때문인지 방학이나 휴가 기간에는 주로 낮에 자고 새벽에 깨어 있었다. 사람들이 활동하고 있는 것이 간접적으로라도 느껴지는 낮보다 혼자만 깨어 있는 듯한 조용한 새벽 시간에 안정감을 느꼈다.

가장 예민했던 시기에는 군중 속에 있는 것만으로도 힘들었다. 축제, 시장, 전시회 같이 사람이 붐비는 곳, 그래서 안정적인 내 영역이 위협받는 공간에서는 신경이 곤두섰다. 몇년 동안은 극장에서 영화를 보는 것조차 하지 못했다. 나와 관계를 맺은 사람이든 그렇지 않은 사람이든 가까운 거리에 있는 사람의 정서가 고스란히 느껴졌기 때문이다. 그것이 행복이나 기쁨 같은 긍정의 에너지든 짜증이나 분노 같은 부정의 에너지든 나에게 피로감을 준다는 사실은 동일했다. 이러한 사람을 세상 사람들은 눈치가 빠르다고 이야기하곤 한다.

우울증에 걸린 사람들 중에는 다른 사람들 앞에서 평소보다 더 밝게 행동하는 이들도 있다. 나도 그에 해당했다. 관계에서 상처받기 싫으면서도 사람들에게 더 관심받고 싶고 더 사랑받고 싶었다. 사람들이 나를 알아주길 바랐다. 그리고 어쩌면 많은 섭식장애 환자들이 이러한 기질을 타고났을지도 모른다.

미국의 임상심리학자이자 섭식장애 치료 전문가인 애니타 존스턴은 자신의 저서 『달빛 아래서의 만찬』(노진선 옮김, 넥서스BOOKS 2003)에서 섭식장애 환자들이 병을 앓게 된 원인은 다양하나 환자들이 가진 기질에는 공통적인 특징이 있다고 분석했다. 대개 눈치가 빠르고 다른 사람들의 말과 행동을 잘 파악한다는 것이다. 이 부분을 읽으며 과거의 한 장면이 떠올랐다.

초등학교 6학년 때, 담임 선생님이 노란색 프리지어 꽃다발을 들고 우리 집에 찾아와 엄마와 한참 동안 대화를 나눈 일이 있다. 엄마와 아빠가 싸워 집안 분위기가 싸늘한 때였기에 담임 선생님의 갑작스러운 방문이 달갑지 않았다. 선생님이 돌아간 후 엄마가 나에게 물었다.

"너 일기에 부모님이 이혼하면 좋겠다고 썼다며?"

엄마와 아빠가 함께 가게를 꾸리다보니 운영 방식을 놓고 종종 마찰을 빚을 때가 있었다. 들어오는 주문을 다 받고 싶은 엄마와 그로 인해 과도한 노동을 해야 하는 아빠의 불만이 때론 심각한 부부싸움으로 이어졌다. 거기에 아빠의 음주 문제가 더해지면 분위기는 더없이 살벌해졌다. 집 안에 흐르는 날 선 공기에 짓눌린 나는 머릿속에 맴돌던 말을 일기장에 쓰고야 말았다.

"저렇게 사느니 차라리 엄마와 아빠가 이혼했으면 좋겠다."

우리 가족이 남부러울 만큼 화목하다고 할 수는 없어도 그렇다고 심각한 불화가 있는 것도 아니었다. 그저 남들 사는 만큼 살았다. 좋을 때도 있고 싸울 때도 있는 게 가족이지 않나. 그러나 내가 가진 초민감자 기질은 그러한 불화의 상태를 감당하지 못했다. 공기의 흐름만으로도 알게 되는 많은 감정들, 그 안의 미움들. 그러한 것들이 내 피부 속으로 깊숙이 파고들었다. 엄마와 아빠가 말로 하진 않았지만 나는 집 안의 공기에서 엄마와 아빠의 마지막을 감지했고 둘에게 하고 싶은 말을 일기에 대신 썼다. 결과적으로 엄마와 아빠는 그후로도 20년이 넘게 함께 살고 있다. 내가 그때 느꼈던 감정은 단지 감수성이 한껏 예민했던 유년기의 환상 같은 것이었을 수도 있다. 두분 사이의 무언가가 진짜로 끊어졌는지는 이제 알 수 없는 일이다.

엄마는 이런 내가 부담스러웠을까? 숨기고 싶은 어른들의 세계를 감지하는 아이, 다 알고 있다는 듯이 엄마를 바라보는 아이였으니 말이다. 적당히 모르는 척하고 넘어가주면 서로서로 편할 텐데 자꾸만 달갑지 않은 것을 알아채는 내 성격이 신경 쓰였을 것이다. 엄마가 나를 부담스럽게 생각하는 것도 어렴풋이 느낄 수 있었다. 그렇게 엄마도 모르는 사이에 나는 엄마의 애정에서 멀어졌다. 그 멀어진 애정이 유년기를 지나며 채워지지 않는 더 큰 허기가 됐다.

통제받는 생활

　부모님은 줄곧 장사를 했다. 내가 다섯살이 되기 전까지 엄마는 치킨집을, 아빠는 같은 건물 위층에서 당구장을 운영했고, 다섯살이 되던 해 아빠가 제빵 기술을 배운 이후 20년이 넘게 제과점을 했다.

　아빠는 빵을 만들고 엄마는 빵을 팔았다. 엄마는 아빠가 만든 빵을 포장하고 크로켓이나 샌드위치 따위의 소를 준비했으며 제빵 공장도 청소했다. 아빠가 가진 고급 기술을 펼칠 수 있는 모든 제반 준비를 엄마가 한 것이다. 강도 높은 노동을 아빠가 담당했다면 시간이 많이 드는 노동은 엄마가 담당했다. 그와 함께 엄마는 아이 넷을 길렀다. 엄마는 서운해하지만 나는 지금도 우스갯소리로 우리 집 아이들은 다 알아서 컸다고 말한다. 그만큼 엄마는 늘 바빴다.

나는 유치원에 다닐 때부터 초등학생이던 언니를 따라 피아노학원, 미술학원을 다녔다. 초등학교 입학 후에는 여기에 속셈학원이 추가됐다. 오래 다니지는 않았지만 웅변, 서예, 한문, 컴퓨터학원을 그때그때 시대의 흐름에 따라 다녔다. 하루 종일 쉴 새 없이 학교에서 학원으로, 학원에서 또다른 학원으로 바삐 돌아다니며 엄마의 자식 교육 욕심이 과하다고 생각했다. 당신이 못 배운 설움을 자식들에게서 대리만족한다고. 그러나 지금 와서 생각해보면 엄마는 단지 아이들을 안전하게 맡길 수 있는 베이비시터가 필요했던 건지도 모르겠다. 사실 내 피아노 실력이나 그림 실력이 느는 건 엄마의 안중에 없었던 것 같다.

당시 가게와 집은 500미터 정도 떨어져 있었다. 아침 9시부터 밤 12시까지 가게에 묶여 있어야 했던 엄마는 언니와 나를 가게에 계속 데리고 있을 수도, 부모가 없는 집에 아이들만 오랜 시간 둘 수도 없었다. 학교가 끝나고 엄마의 일이 어느정도 마무리되는 저녁 8~9시까지 언니와 나는 학원에서 시간을 보냈다. 그리고 언니와 내가 집에 있을 수밖에 없을 때 엄마는 TV가 있는 안방 문을 잠갔다. 그럼에도 언니와 나는 어떻게든 TV를 보기 위해 창고와 연결된 안방 창문을 이용하거나 엄마 몰래 열쇠를 복사하는 등 여러 방법을 모색했다. 걸릴 때마다 엄마의 대처는 공고해졌고, 언니와 나의 잔꾀는 교묘해졌다. 안방의 문은 언니가 중학교에 입학하기 전까지 굳게 잠겨 있었다.

TV와 함께 엄마는 언니와 나의 놀이 문화를 차단했다. 처음은 공기놀이였다. 많은 양의 공깃돌을 바닥에 깔아놓고 공깃돌을 던지며 같은 색을 많이 모으는 사람이 이기는 '색깔 따먹기'라는 공기놀이가 유행이었다. 동네 친구들과 집에 모여 색깔 따먹기를 하려고 했는데 내가 모아두었던 공깃돌들이 통째로 사라졌다. 직감적으로 엄마가 숨겼다는 것을 알았다. 한참 시간이 흐른 뒤에야 안방의 옷장과 벽 사이의 좁은 틈에서 공깃돌을 발견했다.

그다음은 패션 잡지였다. 언니는 중학생이 되자 당시 유행하던 『쎄씨』 『신디 더 퍼키』 『유행통신』 등의 잡지를 보기 시작했다. 언니를 따라 나도 잡지를 읽었다. 언니와 나는 한 방을 사용했는데 아빠와 엄마가 집에 없는 시간을 이용해 방에서 몰래 잡지를 읽었다. 때때로 엄마는 인기척 없이 집에 들어와 방문을 갑자기 열었다. 그러면 우리는 깜짝 놀라 손에 잡지를 든 채 엄마 얼굴만 쳐다봤다. 잡지는 즉시 압수

됐다.

엄마가 잡지를 압수했다면 아빠는 만화책을 압수했다. 언니와 나는 어린 시절부터 만화책을 좋아했다. 잡지는 유해하지만 만화책은 일종의 동화책 비슷한 것이라 여긴 엄마와 달리 아빠에게 만화책은 자식들에게 악영향을 끼치는 유해물이었다. 아마도 잡지에서 많은 '나쁜' 지식을 얻은 엄마와 만화책에서 많은 '나쁜' 지식을 얻었던 아빠의 경험 차이지 싶다. 아빠가 만화책을 다 가져가 그대로 불태운 적도 있다. 자식들 교육에 무관심하던 아빠에게서 볼 수 없었던 모습인지라 그날 언니나 나나 적잖은 충격을 받았다.

중고등학생 시절, 해가 졌는데도 귀가하지 않으면 엄마는 가게의 배달용 오토바이를 타고 온 동네를 뒤졌다. 눈치가 빠른 엄마는 내가 어디에 있는지 대부분 '촉'으로 알아냈다. 항상 엄마의 손바닥 위에 있는 기분이었다. 친구들끼리 모여 있는 곳에 엄마가 들이닥칠 때면 친구들은 불편한 기색이 역력했다.

"젤라야, 너희 엄마 올지도 모르니까 너는 얼른 집에 가."

친구들은 내 귀가를 독려했다. 그렇다고 내가 부모의 속을 썩일 정도로 밖으로 나돌아 다니는 것도 아니었다. 대체로 집에 있는 것을 즐기고 방학이 되면 한달 동안 집 밖에 나가지 않았다. 딱히 친구가 그리운 것도 아니었다. 초등학생 때부터 시작된 부모님의 통제는 중학생 시절 최고조에 달했고 언니와 내가 차례로 고등학교에 들어가면서 사그라들었다. 입시라는 거사가 눈앞에 닥치며 자연스럽게 노는 것보다는 공부에 집중하게 됐고 딱히 엄마가 간섭하지 않아도 알아서 해야 할 것들을 찾아서 하게 됐다. 그렇게 스스로를 통제할 수 있다고 생각했다.

그러나 스무살이 되어 자취를 시작하면서, 내가 외출을 싫어한 게 아니라 엄마가 나의 외출을 싫어했다는 사실을 깨달았다. 그저 엄마가 싫어하니 나가지 않는, 자발적 외출금지였던 것이다. 그러다 대학에 들어가 맛보게 된 자유는 너무 달콤했고, 통제 불가능한 상태가 됐다. 사실 지금 생각해보면 그렇게 대단한 일탈도 아니었지만 그 작은 일탈이 결국 나를 얽매는 또다른 족쇄가 됐다.

자기관리 강박

　섭식장애는 단독으로 발병하지 않고 심리장애를 동반하는 경우가 많다. 대표적으로 우울증, 불안증, 강박증, 알코올이나 약물 의존, 해리장애, 충동조절장애 등이 있는데 나는 그중 우울증, 불안증, 강박증 증세가 심했다. 강박증의 경우 질서에 대한 과도한 집착, 일중독, 완벽주의, 결벽증 등 좀더 세부적으로 증상이 나타났다. 보통 강박적 성격장애는 성인기 초기에 시작된다고 하는데 나 또한 그랬다. 통제가 강한 부모님 밑에서 유년기와 청소년기를 보내다가 성인이 되어 갑자기 무제한의 자유가 주어지면서 스스로를 통제하기 위한 방어기제로 강박증이 발동했다.

스무살이 되자 엄마는 이제 법적으로 성인이 됐으니 자신의 인생에 스스로 책임지라고 했다. 책임이라는 전제하에 전에 경험해보지 못한 자유가 주어졌다. 서울 소재의 대학교에 합격해 상경하자마자 입학도 하기 전 명동의 대형 분식집에서 아르바이트부터 시작했다. 엄마가 주는 일주일 용돈 5만원으로는 교통비와 식비를 감당하기도 벅찼다. 옷도 사고 화장품도 사고 싶었던 나에게 아르바이트는 필수 불가결이었다. 처음으로 내 손으로 돈을 벌었다. 돈을 버는 것은 결코 쉽지 않았다. 2004년 당시 최저시급은 2510원으로 주중 저녁 6시부터 밤 11시까지 쉬지 않고 일해도 한달에 받는 돈은 30만원이 채 안 됐다.

 학기 중에도 아르바이트를 했기 때문에 몸은 항상 피곤했고, 입학해서 만난 같은 과 동기들보다 아르바이트하는 곳에서 친해진 또래들이 더 편했다. 아르바이트 동료들과는 같은 고난을 헤쳐나가는 동지애를 공유한 반면 대학 동기들은 학점이라는 같은 목표를 두고 경쟁하는 적에 가까웠다. 얼마 안 되는 아르바이트비로 아르바이트 동료들과 몰려다니며 노는 것이 너무 재미있어 학교는 뒷전이 됐다. 집에 늦게 귀가해도, 강의를 빼먹어도 나에게 잔소리할 사람은 없었다.

대학교 첫 학기의 마지막 한달 동안은 학교를 거의 나가지 않았다. 이미 세번 이상 결석을 한 상태였기 때문에 더이상 나가는 게 무의미하다고 생각했다. 학기가 끝나갈 때까지 과 동기들과는 친해지지 못했다. 아르바이트 동료들과 노는 건 몇달 만에 금세 시들해졌다. 젊은 남녀가 섞여 있는 무리에는 골치 아픈 일들이 생기기 마련이고 관계는 쉽게 느슨해졌다. 그러던 중 받아 들게 된 성적표는 내 인생의 첫 실수이자 실패였다. 나는 첫 학기 학사경고를 받았다.

그제야 내가 무슨 짓을 한 건지 깨달았다. 힘들게 합격해 들어온 대학의 첫 단추를 잘못 끼워버렸다는 생각에 심장이 덜컥 내려앉았다. 나의 소중한 대학생활, 나아가 앞으로 내 인생을 좌지우지할 수도 있는 중요한 시기를 돈 몇푼 그리고 의미 없는 인간관계와 맞바꾼 것이 후회됐다.

고등학교 때까지 항상 또래들에 비해 성숙했고, 뭘 하든 어느정도의 성과를 내던 나에게 학사경고란 있어서는 안 되는 실패였다. 동기들이 모두 졸업하고 취업할 때 나는 학교를 더 다녀야 하는 것은 물론 몇백만원이나 되는 학비를 한 학기 더 내야 했다. 게다가 줄곧 당당히 보여줄 수 있는 성적표를 받았던 나였기에 학사경고는 더더욱 엄마에게 절대 말할 수 없는 비밀이었다.

어영부영 여름방학이 지나가고 2학기가 시작됐다. 첫 학기 때 그나마 친하게 지냈던 동기는 자퇴를 했고 학과 동기들은 이미 어느정도 무리가 지어져 있었다. 그래도 시간이 지나면서 나도 차츰 무리 속에 섞이게 됐다. 아르바이트는 그만두었다. 경제적으로 힘들지만 엄마가 주는 용돈으로 버티기로 했다. 학과 특성상 과제가 많았고 1학기 성적을 만회하기 위해서는 학교생활에 집중해야만 했다. 동기들에 비해 뒤처진 내가, 딱히 뛰어난 두뇌와 재능을 갖지 않은 내가 할 수 있는 최선은 일단 열심히 하는 것뿐이었다.

학교생활을 열심히 하는 것과는 별개로 나의 강박은 점차 심해졌다. 특히 아무것도 하지 않는 시간을 참을 수가 없었다. 아까운 시간을 버리는 것 같았다. 책을 읽거나 그림을 그리거나, 아니면 뜨개질을 하거나 작은 액세서리를 만드는 등 끊임없이 생산적인 활동을 해야 안심이 됐다. TV를 보는 것은 시간 낭비에 쓸모없는 짓이라고 여겼다. 어떤 것이든 자기계발에 도움이 되는 활동을 해야 했다. 조금이라도 게을러졌다 싶으면 죄책감에 시달렸다. 대학교 1학년 1학기를 실패했다는 것에 대한 죄책감, 그러니까 공부를 열심히 해야 한다는 압박감. 잠자는 시간마저 아까워 "잠은 죽어서 자는 거야"라는 말을 입버릇처럼 했다.

그렇게 날이 선 채 늘 긴장된 상태로 있는 데 따른 부작용이 생겼다. 계속 무언가를 해야만 하는 나와는 다르게 내 뇌는 쉬고 싶어했던 것이다. 섭식장애가 생긴 후로는 폭식을 하고 그것을 게워내는 행위가 일종의 보상이 됐다. 나는 섭식장애가 있는 환자이기에 폭식 증상은 불가항력적인 것이라고 합리화했다. 폭식을 하고 그것을 게워내는 동안이 유일하게 과제나 공부에 대한 죄책감을 느끼지 않고 있을 수 있는 시간이었다. 그러나 그것도 잠시, 나는 폭토도 완벽하게 해내야만 하는 강박증 환자가 되어갔다.

질서에 대한 집착

나는 미국 화가 잭슨 폴록을 좋아한다. 오스트리아 출신의 화가 에곤 실레를 흠모한다. 그들은 내가 갖지 못한 것, 바로 무질서를 갖고 있기 때문이다. 나는 '형식적인' 사람이다. 주변의 물건들은 질서 정연하게 정리되어 있어야 하고, 하루 스케줄은 시간 단위로 계획적으로 짜여 있어야만 한다. 그리고 내 겉모습도 정돈되어 있어야 한다. 항상 깔끔하게, 완벽하게. 물론 처음부터 그랬던 건 아니다.

유치원에 다닐 때였던 것으로 기억한다. 엄마 손에 이끌려 처음으로 미술학원에 갔다. 나는 또래 아이들에 비해 그림 솜씨가 뛰어났다. 언니는 속셈학원에서 두각을 나타냈다고 한다. 어린 딸들의 재능을 발견한 순간, 혹시 엄마의 머리 위로 '당첨'이라는 단어가 떠오르지 않았을까? 처음 간 미술학원에서 나는 파란 바다 위에 회색 고가 도로를 그리고 분홍색, 빨간색, 파란색의 차들을 도로 위에 그려 넣었다. 크레용으로 스케치북의 거친 표면을 문지르는 것은 나에게 즐거운 놀이였고, 깔끔하게 색이 채워진 그림을 완성하는 것은 나름의 성취감을 주었다. 그후로 대학교를 졸업할 때까지 줄곧 그림을 그렸다.

초등학교 내내 미술학원을 다녔고, 중학교 때는 아침 자율학습 시간에 미술실에서 그림을 그렸다. 미술 선생님이 미술에 소질 있는 아이들 몇명을 추려 아침 자율학습 대신 그림을 그리게 했는데 나도 그중 한명이었다. 사실 그때는 그림이 좋았다기보다는 '소질 있는 몇명'에 뽑혔고, 게다가 자율학습까지 빠질 수 있다는 게 좋았던 것 같다. 고등학교 입학 후에는 입시미술을 시작해 더욱 본격적으로 그림을 그렸다. 그림 그리는 것을 좋아했느냐고 묻는다면 솔직히 잘 모르겠다. '그림' 자체보다는 그림을 잘 그리는 '나'가 좋았던 것 같다. 공부든 운동이든 교우관계든 대체로 평균 이상으로 다 잘했지만 그림은 나를 '특출나게' 해주는 재주였던 것이다.

대학교에 다니면서 내 자아는 한껏 쪼그라들었다. 비록 시골에서 태어났지만 초·중·고등학교 시절 우수한 성적을 유지했고 학내 활동도 활발히 해왔던 나에게 '인 서울' 대학교 입학은 학창 시절 화룡점정과도 같았다. 지금까지 그래 왔듯 내 앞에 '꽃길'만 펼쳐질 줄 알았다. 그러나 대학교에 와서 보니 학창 시절에 반장 한번 안 해본 사람이 없었고, 다들 내로라하는 감투 하나씩은 써봤다는 사람들뿐이었다. 거기다 외국에서 생활했다는 사람, 부모가 교수라는 사람, 집안이 의류사업을 한다는 사람들이 잡지에서만 봤던 명품 브랜드로 온몸을 치장하고 있었다. 그에 반해 나는 촌티가 줄줄 흐르는 데다 키는 작고 몸매는 통통한, 운 좋은 수시 입학생이었다. 대학교에 입학한 후 대부분의 신입생들이 한 번쯤 겪는 통과의례가 찾아왔다. 내가 최고인 줄 알았는데 나만큼 하는 아이들은 세상에 널렸고, 심지어 나보다 잘하는 아이들도 굉장히 많다는 걸 깨닫게 되는 순간.

나는 의상디자인을 전공했다. 내가 다녔던 학교는 일반적으로 실기 비중이 높은 타 대학과 달리 실기시험이 없었고, 대신 수능 커트라인이 높았다. 실기를 준비하지는 못했지만 패션 디자인이 애타게 하고 싶었던 성적 좋은 아이들이 모일 수밖에 없었다. 우리 과에는 독특한 그림을 그리는 아이들이 많았다. 우리 과 수업은 입시미술 스타일의 전형적인 그림보다 일명 '무의식 드로잉'이라고 하는, 좀더 창의적인 그림을 그릴 수 있는 커리큘럼이 특화되어 있는 것도 특징이었다. 많은 동기들의 그림은 에곤 실레의 드로잉과 닮아 있었다. 당시 에곤 실레의 인기가 높아서였는지 혹은 커리큘럼 때문인지는 알 수 없지만 그의 거친 연필선과 왜곡된 형태는 그 시절 우리의 그림 곳곳에서 발견됐다.

그림에는 그린 사람이 드러나기 마련이다. 거친 붓터치를 가진 사람, 정돈된 선을 긋는 사람 혹은 색 조합이 도드라지는 사람 등. 그렇다면 나는? 내 그림은 스스로를 갈아 넣어 완성하는 노동집약적 스타일이라 할 수 있다. 색을 쓰는 데 자신이 없어 점이나 선만을 이용한 점묘법이나 선묘법을 선호했다. 사람들은 내 그림을 보는 순간 "우와, 완성하는 데 얼마나 걸렸어? 고생했겠다"라는 말을 먼저 했다.

분명 평균보다는 우위였지만 그렇다고 대단히 특별하지도 않았던 미술에 대한 재능은 내가 남들보다 더 잘할 수 있는 일에 집중하게 만들었고 집요하게 한가지에 파고들게 만들었다. 노력에 더해 내가 가진 집요함은 교수들에게 인정받는 요인으로 작용했다. 그림은 물론 패턴, 재단, 봉제 등 모든 부분에서 나는 나의 집요함을 무기 삼아 작업했다.

돈이 없기에 친구들과 어울릴 수도, 취미를 즐길 수도 없는 상황은 오히려 학교생활에 득이 됐다. 학교와 집만 오가며 과제 생각만 했다. 자연스럽게 시간과 노동력이 많이 드는 과제물을 만들게 됐다. 강의 시간에는 항상 맨 앞자리에 앉았다. 교수에게 집중하며 적극적으로 강의에 임했다. 내가 하는 작업은 항상 시범이 됐고, 그중에는 나를 보조 강사로 생각하는 교수도 더러 있었다. 앞자리에 앉았기에 일러스트나 패턴 등 내 작업들은 모두 교수의 시야 안에 있었고 내 나름 교수의 말귀를 잘 알아들어 나쁘지 않은 작업을 해나갔다. 그들의 기대에 부응하고 싶었다. 더 열심히 하고자 했고 다른 동기들에 비해 난도가 높은 작업들에 도전했다. 어려워서 더욱더 고민해야 하고 더욱더 많은 시간을 들여야 하는 작업들 말이다. 과제에 집착하게 됐다. 모든 과제를 완벽하게 수행하고 싶었다.

그 과정에서 내 의식은 항상 날이 서 있을 수밖에 없었고, 질서에 대한 집착은 걷잡을 수 없이 심해졌다. 선 하나를 그을 때도 조금이라도 삐뚤어지면 안 된다. 봉제선에 스스로 만족할 때까지 몇번이고 재봉틀을 다시 돌렸다. 순서도 바뀌어서는 안 된다. 정해놓은 작업 순서에서 실수로 조금이라도 벗어나면 처음부터 다시 작업했다. 나는 내가 정해놓은 편협한 형식과 질서에 갇히게 됐다.

의상디자인과 동기들의 그림은 곧 그들의 패션 스타일로까지 이어졌다. 정제되지 않은 거친 펜선이나 붓터치를 가진 동기에게는 옷을 입을 때도 '프렌치 시크'라고 부를 수 있는, 애써 꾸미지 않은 투박한 멋이 있었고, 정돈되고 절제된 그림을 그리는 동기는 메이크업부터 헤어, 액세서리와 구두까지 모든 것이 조화로운 느낌이었다. 나의 패션은 나의 그림처럼 노동집약적이었다. 타고난 패션 감각도, 값비싼 브랜드의 옷을 구매할 수 있는 경제력도 없었던 나는 패션을 글로 공부했고 저가 브랜드에서 조금이라도 좋아 보이는 옷을 고르기 위해 노력했다. 많은 시간과 노력을 쏟아부어도 나의 패션은 항상 뭔가 부족했다. 열심히 노력한 티가나 오히려 나를 촌스럽게 만들었고 이는 고스란히 또다른 콤플렉스가 됐다. 과하게 멋을 부린 듯한 촌스러움. 그럴 때면 자연스럽게 흰 티에 청바지 하나만 입어도 멋져 보이는 몸매를 가진 사람들이 부러워졌다. 아무리 노력해도 안 되는 것을 마른 몸이 해결해줄 것만 같았기 때문이다.

나의 폭식증도 나와 같았다. 폭토를 하는 데에도 나만의 법칙과 질서에 집착했다. 음식을 사는 데에도 나만의 법칙이 있었다. 음식을 살 때는 어차피 토해낼 거란 생각에 비슷한 맛을 내는 음식 중 가장 값싼 음식을 골랐다. 돈이 많지 않으니까. 그리고 항상 같은 패턴으로 음식을 먹고 정해진 시간(나의 경우는 한시간) 후에 위가 깨끗해졌다고 느껴질 때까지 모든 것을 게워냈다.

나의 패턴은 이렇다. 먼저 비슷한 부류끼리 음식을 나눠 먹는 순서를 정한다. 시작은 비교적 칼로리가 낮고 부피가 커 소화가 시작되어 미처 게워내지 못해도 크게 살이 찌지 않는 것들을 위주로 먹는다. 나는 주로 강냉이를 먹었다. 그 다음에는 그날의 메인 메뉴다. 보통 소시지나 치킨, 떡볶이, 라면 등 칼로리가 높고 부피도 큰 음식을 먹었다. 마지막은 칼로리가 높아 조금만 먹어도 살이 많이 찌는 음식이다. 과자나 빵, 케이크 등을 주로 먹는데, 위가 꽉 차 이러다 터지는 건 아닌가 싶을 때까지 집어 넣는다. 중간중간 수분 섭취를 해주어야 게워낼 때 편하다. 먹는 즉시 흡수가 될 수도 있는 칼로리 높은 탄산음료는 절대 먹지 않는다. 먹을 수 있는 음료는 그저 물뿐이다. 그렇게 식도까지 꽉 찬 음식들을 먹은 지 한시간이 되는 순간 게워낸다. 조금이라도 늦으면 소화가 시작되기 때문이다. 마지막에 먹었던 디저트류부터 중간에 먹었던 음식을 게워내고 가장 처음 먹었던 강냉이가

나올 때까지 먹었던 것들을 하나하나 눈으로 확인하면서 게
워낸다.

　모든 걸 게워내면 너무 지쳐 가만히 누워 있어야 한다. 얼
마 후 조금 정신을 차려 '지금부터는 뭘 하지?'라는 생각이
드는 순간 다시 음식 생각이 찾아든다. 그렇게 한시간이 채
안 되어 다음 폭식에 먹을 것을 떠올리기 시작한다. 악순환
의 고리는 한동안 지속됐다.

마른 몸, 더 마른 몸

중고등학교 때도 외모에 신경을 쓰기는 했지만 대학교에 입학하니 차원이 달라졌다. 학과의 특성상 어쩔 수 없이 외모를 평가받는 환경에 놓이게 된다. 의상디자인과는 실습을 할 때 학생 자신이 모델 역할을 한다. 패턴 수업은 신체 사이즈를 정확하게 재는 방법을 배우는 것부터 시작한다. 각자 동기들의 도움을 받아 어깨, 팔 길이, 허리둘레, 가슴둘레 등을 꼼꼼하게 측정해 자신의 몸에 딱 맞는 패턴을 설계하고 그것을 토대로 하나의 옷을 만드는 것으로 한 학기 수업이 채워진다. 강의 시간에 치수를 재니 자신의 신체 치수가 고스란히 노출될 수밖에 없다.

다양성을 지향하는 지금의 패션계 분위기와 달리 불과 몇 년 전까지만 해도 패션계에서 요구하는 미의 기준은 대놓고 편협하고 전형적이었다. 풍만한 가슴과 잘록한 허리를 가진, 여성속옷 브랜드 '빅토리아 시크릿' 스타일의 모델 말이다. 그외에도 디자이너의 철학이 반영된 작품성 있는 디자인을 의미하는 '하이패션'을 소화해야 하는 모델에게는 더욱 높은 미의 잣대를 들이대기도 했다. 이런 걸 '미'라고 표현해야 할지 잘 모르겠지만, 긴 팔다리에 너무 크지 않은 가슴과 가는 허리, 그리고 모양이 잘 잡힌 엉덩이, 거기다 어려 보이면서도 고급스러운 얼굴까지. 패션계는 디자인과 사상에서 보여주는 진보성과 달리 몸매에 있어서만은 칼 같은 엄격함을 요구했다. 이런 경향은 패션계를 간접경험하는 대학교 강의실에서도 크게 다르지 않았다.

나이 지긋한 교수들은 학생을 모델로 신체 사이즈를 재는 시범을 보여주면서도 "어머, 넌 나이도 어리면서 허리둘레가 이게 뭐니? 좀 빼라" 같은 말을 아무렇지도 않게 내뱉었다. 그때는 '그런' 시대였기에 교수의 발언이 악의적인 외모 비하로 들리지 않았다. '외모도 경쟁력이다'라는 말이 가장 먼저 사용된 곳은 아마도 패션계이리라. "옷 디자인을 한다면서 자기는 못 꾸미네"라는 말을 듣는 건 업계 종사자로서 수치스러운 일이었다. 스스로를 꾸미는 것은 일종의 셀프 브랜딩이다. 그만큼 패션계에 종사하는 이들은 직업적으로 프로페셔널하게 보이기 위해 외모를 가꿔야만 했고, 그렇기에 교수의 외모 지적도 노파심에서 비롯된 말이라 여겨 아무도 이상하게 생각하지 않았다. 거기에 더해 디자이너가 되고 싶다면 특히나 몸매 관리에 신경 써야 하는 결정적 이유가 있었다.

의상디자인과를 졸업한 후 선택할 수 있는 진로는 일러스트레이터, 패턴사, 바이어, 머천다이저, 비주얼 머천다이저 등 꽤 다양한 편이다. 그러나 학과명이 보여주듯 대부분의 학생들이 패션 디자이너의 꿈을 꾸며 힘든 실습과 과제를 해나간다.

당시에는 (지금도 비슷하겠지만) 디자이너를 꿈꾸는 대부분의 학생들이 패션 회사 디자인팀의 막내로 들어가 피팅 모델 일부터 시작했다. 학과 성적과는 무관하게 키가 크고 기성 의류의 가장 보편적인 사이즈라는 55 사이즈의 동기들이 먼저 취업하는 것은 그런 이유에서였다. 키가 크고 날씬한 동기들은 졸업 전부터 졸업한 선배들이나 강사들의 소개로 패션 회사의 피팅 모델로 아르바이트를 하고 있었다. 키 크고 날씬한 몸매는 나에게 그야말로 선망의 대상이었다.

155센티미터가 채 안 되는 작은 키에 통통한 몸매는 패션 디자이너로 취업하기에 너무나 큰 결격 사유였던 것이다. 뚱뚱해서 패션 디자이너가 될 수 없을 거라는 불안감에 시달렸다. 다이어트에 더 집착하게 됐다.

살을 뺀 후 말랐다는 말을 종종 들었다. 매번 기분이 무척이나 좋았다. 그러나 의상디자인과의 특성상 모든 동기들이 패션과 외모에 관심이 많았고, 그렇기에 그들 대부분이 날씬했다. 내가 아무리 살을 빼도 그들 사이에서 마른 것이 나의 장점이 되지는 못했다. 그러나 그 정도만으로도 나에게는 내가 그들과 같은 부류, 같은 그룹에 소속되어 있다는 안정감을 주기에 충분했다.

나는 뱁새였다. 황새를 쫓아가려다 가랑이가 찢어지는 뱁새 말이다. 황새가 되고 싶어 살을 뺐다. 노력했다. 외모는 황새와 비슷해졌을지 모르지만 나의 내면은 여전히 뱁새였다. 열등감은 외모로 극복할 수 있는 것이 아니었다. 계속해서 부정해왔지만 결국 나는 뱁새였고 내 가랑이가 찢어지고 있다는 것도 깨닫지 못했다.

나는 잡지 속 세계가 좋았다. 잡지에는 내가 꿈꾸는 미래가 있었다. 화려한 패션쇼 무대와 멋진 패션 화보, 물욕을 자극하는 트렌디한 신상품들 그리고 진보적인 사상을 가진 멋진 사람들의 인터뷰까지. 나의 작은 세상과 달리 잡지 안에는 전세계에서 활약하는 멋진 사람들이 있었다. 나도 어서 그런 사람이 되어 세계를 누비며 일하고 싶었다.

잡지에 나오는 사람들은 나의 롤모델이 됐다. 자신의 분야에서 이름을 떨치는 사람들, 나이는 어리지만 천재적인 재능으로 세계의 주목을 받는 사람들, 자신의 집을 아름답고 고급스러운 물건들로 가득 채운 채 카메라 렌즈를 보며 미소 짓는 사람들, 화려하게 치장하고 행복한 얼굴로 클럽을 누비는 사람들. 이른바 '패션 피플'이라 불리는 그들에게 내면과 외면은 동일한 것이었다. 패션은 외형으로 내면을 표현하는 도구였기에 패션계에서는 외형을 중요시하는 것이 용인됐다. 법조계가 정의를 추구하고, 기업이 이윤을 추구하듯 패션계는 아름다움을 추구한다. 패션계에서는 아름다움이 가장 큰 미덕이다. 그리고 매력은 그들의 자본이었다. 아름다움에 끌리는 것이 인간의 본성 중 하나라면, 이 본성을 가장 우선시하는 사람들이 모이는 곳이 바로 패션계였다.

초등학생 때 처음으로 잡지를 접한 후 고등학생 때는 매달 한두권의 패션 잡지를 정독했다. 자아가 제대로 형성되기도 전에 패션계가 요구하는 극단적인 미의식이 자연스럽게 나에게 주입됐다. 대학에 와서는 자료수집의 일환으로 매달 대여섯권의 잡지를 사들였다. 이 무렵 잡지는 나에게 성서와도 같았다.

모든 여성지의 근간은 '여성은 아름답다'에서 출발하는 것 같았다. 그러나 그 아름다움에는 조건이 있었다. '모든 여성은 아름답다' '타인의 시선에 얽매이지 말라' '나답게 행동하라' '스스로를 사랑하라'라고 말하는 모든 잡지들이 체형에 있어서만큼은 편파적인 시각을 보였다. 여자는 날씬해야 한다는 것.

잡지의 화보를 장식하고 패션쇼 런웨이에 서는 모델은 키에 비해 체중이 터무니없이 낮다. 모델이 말라야 옷이 돋보이기 때문이란다. 거기에 더해 요구되는 또 한가지는 서구적인 비율, 일명 '프로포션'이다. 서양인에 비해 상대적으로 허리가 길고 다리가 짧은 동양인 모델들은 신체적 차이를 극복하기 위해 극단적으로 체중을 줄였다. 나는 지속적으로 이러한 미의식에 노출되며 내가 가진 신체적 콤플렉스를 극복하고 조금이라도 '옷발'이 서는 몸이 되기 위해서는 무조건 말라야 한다는 생각을 갖게 됐다.

내가 대학교에 다니던 2000년대 중반에는 전세계가 극단적으로 마른 체형을 선호하는 분위기였다. '스키니'(skinny)라는 말이 패션계에서 사용되기 시작한 시점이기도 하다. 깡마른 모델인 케이트 모스가 세계적인 인기를 얻고, 프랑스의 유명한 패션 디자이너이자 스키니즘의 창시자라 할 수 있는 에디 슬리먼이 디자인한 슬림한 남성복인 디올 옴므가 세계 패션을 선도했다. 패션 잡지에는 '씬'(thin)으로 묘사할 수 없는, 극단적으로 마른 체형을 설명할 단어가 필요해졌다. 지금은 작고한 샤넬의 전 수석 디자이너 카를 라거펠트가 에디 슬리먼의 디올 옴므를 입기 위해 일흔의 나이에도 40킬로그램 넘게 감량한 것은 패션계에서는 유명한 일화다. 당시 이러한 깡마른 체형이 어느 정도 파장을 일으켰는지 짐작 가능한 대목이기도 하다. 이 시기를 기점으로 사전적으로 깡말라서 보기 싫은 체형을 뜻하던 스키니는 마른 체형을 찬양하는 긍정의 단어로 탈바꿈했다.

날씬한 몸매는 그 이전부터 선호되어왔지만 극강의 깡마른 몸매가 되고 싶은 사람들을 위해 잡지는 어느 때보다 많은 다이어트 기사를 실었다. 집에서 할 수 있는 운동 방법부터 원푸드 다이어트로 좋은 식품, 지방분해 주사, 지방흡입 수술, 먹은 것을 모두 배출시켜준다는 다이어트 약까지 살을 빼기 위한 온갖 방법들이 매달 잡지 면수의 상당 부분을 차지했다. 케이트 모스가 체중을 유지하느라 헤비스모커가 된 것이 주요 기사로 실릴 정도였다.

패션 화보는 모델들의 몸매를 더 말라 보이게 하기 위해 보정 작업을 서슴지 않았다. 필름카메라에서 디지털카메라로 전환이 이루어지던 시기였다. 디지털카메라로 사진을 찍게 되면서 필름 화보로는 구현하지 못했던 보정 작업에 대한 수요가 높아졌다. 모든 패션 브랜드들이 자신의 광고 모델이 좀더 마르길 원했고 과한 수정으로 인해 기형적인 몸매가 되어 광고가 오히려 매출에 악영향을 끼치는 웃지 못할 일이 벌어지기도 했다. 스키니진이 세계적 열풍이었던 만큼 다리를 가늘고 길어 보이게 하는 보정이 유독 많았고 지금도 일부 청바지 브랜드에서는 그러한 보정 방식을 시그니처로 사용하기도 한다.

패션 잡지에 실린 내용은 패션계의 기자들이 하는 말이고 이는 패션계를 대변하는 말이기도 하다. 패션계는 그만큼 외형에 엄격한 세계였다. 나는 그 세계에 무사히 안착하기 위해 외모를 가꾸는 데 전력을 다했다.

패션계 사람들은 특히 몸매에 민감하다. 못생긴 얼굴은 '개성'이 될 수 있지만 뚱뚱한 몸매는 '게으름'의 결과라고 생각한다. 패션계에 있으면서 외형을 꾸미지 않는 것은 스스로를 이미지 메이킹할 실력이 없는, 프로페셔널하지 못한 자세로 받아들여졌다. 나는 패션 잡지에서 이상적이라고 말하는 외모가 되어야 했다. 그건 단순히 예뻐지고 싶은 바람을 넘어 취업 준비이자 생존 전략이었다.

우울증의 동굴 속으로

폭식증을 앓기 시작하고 1년 동안은 줄곧 땅으로 꺼지는 기분이었다. 이상한 나라의 앨리스처럼 토끼굴로 떠밀려 낯선 세계로 떨어질 것만 같았다. 두려웠다. 그러나 내가 떨어진 토끼굴에는 낯선 세계도 끝도 없었다. 계속해서 밑으로 추락하는 느낌만 있을 뿐이었다. 몸은 물에 젖은 솜처럼 무거웠고 머리는 안개가 낀 듯 아득했다. 그리고 어떠한 감정도 제대로 느껴지지 않았다.

식욕이 내 안의 숲을 잠식한 후 내가 가진 다른 감정들, 행복, 기쁨, 슬픔, 분노 등은 모두 사라졌다. 음식에 대한 욕구 말고는 아무것도 느끼지 못했다. 슬픈 영화를 봐도, 웃긴

예능 프로그램을 봐도, 달콤한 순정만화를 봐도 내 안에서는 어떠한 파동도 일어나지 않았다. 그래서인지 대체로 멍하니 있었다. 소파에 기대 허공을 바라보는 시간이 많았다. 지금도 그때를 돌이켜보면 가장 먼저 떠오르는 것은 내가 항상 기대 있던 빨간색 소파와 거기에서 바라보던 천장의 풍경이다. 모든 것이 너무 버거워 가만히 앉아 쉬고 싶다는 생각만 들었다. 잠깐의 외출조차 힘겨워 귀가 후에는 하루 종일 쉬어야 했다. 당시에는 그게 초절식으로 인한 체력 저하 때문이라고 생각했다.

아무런 의욕이 없었던 것은 내 상황에 대해서도 마찬가지였다. 왜 이런 병이 생겼는지, 왜 나만 이렇게 고통스러운지 딱히 궁금하지 않았다. 그저 막연하게 '이런 생활을 그만둬야 할 텐데'라는 생각만 했다.

물론 정말 아무것도 안 한 것은 아니었다. 남들이 내 병을 눈치채지 못할 정도로만 생활을 이어갔다. 가끔은 친구들을 만나 수다를 떨고 영화를 봤다. 좋아하는 만화책이나 소설책도 읽었다. 그러나 그것은 단지 행위에 불과했다. 입으로는 말을 하고 눈으로는 영화 속 주인공을 좇았다. 만화책 속의 말풍선을 읽고, 소설 속 주인공의 의식을 따라갔다. 그러나 어떤 행위를 하든 내 사고는 외딴곳을 향해 있었다. 바로 음식이다. 내가 먹었던 음식과 먹고 싶은 음식 말이다. 내 의지와는 다르게 시도 때도 없이 음식 생각이 스멀스멀 사고 안으로 가지를 치며 침투해 들어왔다.

음식 생각이 가지에 가지를 치는 동안 나는 그 가지가 더 이상 뻗어나가지 않게 하려고 애썼다. 억눌러보려 했다. 이런 가짜 식욕을 이겨내야 한다고, 이런 것쯤은 스스로 통제해야 한다고. 힘겨운 갈등이 계속됐다. '먹고 싶어!' '안 돼!' '먹고 싶다니까!' '안 된다니까!' 두가지 마음이 계속해서 싸우는 사이 지쳐버렸다. 싸움을 이어나가기에 나는 너무 약해져 있었다. '이렇게 싸우면서 힘들 바에야 차라리 먹어버리자.' 결국 모든 것을 멈추고 마트로 향했다. 폭토를 준비하기 위해. 그래서, 먹으면 마음이 편안해졌을까? 당연히 아니다. 먹고 난 후에도 음식 생각은 사라지지 않았다. 먹은 것을 후회하느라.

이미 먹은 음식은 감정의 영역이고, 앞으로 먹고 싶은 음식은 욕구의 영역이다. 먹었던 음식은 내 감정을 지배하고 먹고 싶은 음식은 내 욕구를 지배했다. 먹었던 음식으로부터 불안이 생겨나고 먹고 싶은 음식에서는 탐욕이 생겨났다. 그리고 이 두가지는 내가 스물한살 때 느낀 유일한 감정이자 욕구였다.

충동을 이기지 못해 음식을 먹고 나면 살이 찔까 두려운 마음이 찾아왔다. 한번 불안감이 밀려오면 좀처럼 멈출 수가 없었다. 동시에 이성적인 사고는 마비됐다. 그 어떠한 생각도 들지 않고 단지 살찌는 것에 대한 불안에 사로잡혀 초조해졌다. 숨이 가빠지고 심장이 요동쳤다. 폭토를 일주일에 한두번 하던 시기, 어느 순간부터 매 끼니를 먹을 때마다 이러한 불안증이 찾아왔다. 일반식을 소량만 먹을 때도 매번 게워내버리고 싶었고 그러다 문득 어차피 토할 거 먹고 싶은 건 다 먹어버리자 하는 자포자기의 심정에 빠졌다. 그렇게 폭토의 빈도가 잦아졌고 결국 매 끼니 폭토를 하는 상황까지 갔다.

우울과 불안 사이에서 다른 감정과 욕구는 비집고 들어올 틈이 없었다. 다른 일을 하다가도 불현듯 '아까 먹었던 게 몇 칼로리였지? 그렇게 많이 먹는 게 아니었어. 살찌면 어떡하지? 근데 치킨 먹고 싶은데. 치킨 먹을까?'라는 방향으로 의식이 흐른다. 이런 강렬한 의식의 흐름 탓에 나는 나에게 우울증이 있는지조차 알지 못했다.

정신과 내원 첫날 받아 든 우울증 테스트 용지는 묵직했다. 항목이 너무 많은 나머지 병원에서 채 끝낼 수 없어 집으로 가져와야 했다. 돌아오는 내내 종이 뭉치의 무게가 마치 내 병의 무게인 것처럼 느껴졌다. 집에 가는 동안 점점 더 무거워지며 나를 짓눌렀다. 지친 몸으로 집에 도착해 약 두 시간가량 흰 종이에 빼곡히 나열된 테스트 항목을 채워나갔다. 어떤 것은 대답하기 쉬웠고 어떤 것은 고심해야 했다. 어떤 것은 의도를 파악할 수 있었고 또 어떤 것은 모호했다. 그러나 모든 항목에 솔직하게 답하기 위해 최선을 다했다.

일주일이 흐른 뒤, 검사 결과를 받아 든 의사는 놀라는 눈치였다. "우울증 환자들 중에서도 이 정도 수치는 심각한 수준이에요."

검사 결과는 우울증 단계에서도 위험한 수준이었다. 결과와 달리 겉으로 보기에 나는 밝고 적극적이었다. 섭식장애를 앓고 있다고, 우울증에 시달리고 있다고는 믿기 어려울 정도였기에 의사는 더 놀라워했다. 검사 결과에 의사보다 더 놀란 사람은 나였다. 스스로 딱히 우울하다고 느끼지 않았기 때문이다. 우울증 검사 결과를 직접 들은 후에야 나는 비로소 우울증 환자가 됐다. 우울증이라는 진단이 내려지는 순간 갑자기 주체할 수 없이 우울감이 밀려왔다. 비로소 내 안에 많은 것들이 사라져버렸다는 사실을 알게 됐다.

결벽증 때문에

대다수 섭식장애 환자가 가족에 의해 병원에 가게 된다고 한다. '끌려간다'라는 게 더 정확한 표현일 것이다. 하지만 나는 내가 내 발로 병원에 찾아갔다. 결정적으로 치료를 해야겠다고 결심한 이유는 나의 또 하나의 강박인 결벽증 때문이었다. 나는 초등학생 때부터 주부습진이 있었다. 손을 너무 자주 씻고 보습을 충분히 해주지 않아서 생긴 것이다. 집안일도 하지 않는 초등학생의 손가락 살갖이 전부 갈라질 정도였다. 각종 미디어에서도 그렇고 가정에서 부모들도 손 씻기의 중요성을 늘 강조하지 않나. 그래서인지 어릴 때부터 세균에 대한 어떤 강박증이 생겼고 무언가를 만지고 나면 손을 씻어야만 직성이 풀렸다.

결벽증이라고 하면 예능 프로그램에서 흔히 보듯 유난히 정리정돈이나 청결에 집착해 물건의 각을 맞추거나, 쉬지 않고 청소를 하는 방송인들의 모습이 생각날지 모르지만 나의 경우는 좀 달랐다. 아이러니하게도 나에게는 청소라는 행위 자체가 세균 덩어리와 접촉해야 하는 더러운 일로 느껴졌다. 집 안에서 더럽히지 않은 깨끗한 한 장소를 정하고 그곳에서 움직이지 않고 아무것에도 손대지 않았다. 그것이 내가 가진 결벽증의 증상이었다.

물론 집에서 그러는 거야 아주 극단적인 경우고 나도 평범한 생활인이니 청소도 하고 지하철도 타고 타인의 손자국 투성이인 문손잡이도 만진다. 그러나 그때마다 무거운 돌덩이를 가슴에 하나씩 얹는 기분이었다. 어서 씻어내야만 했다. 지하철이나 버스의 손잡이, 엘리베이터의 버튼, 식당의 출입문 등 세상 모든 것이 세균으로 느껴졌다. 만원 버스나 극장 등 사람이 많이 몰리는 장소에서는 사람들의 숨결조차 거북하게 느껴져 사람이 군집해 있는 곳에는 되도록 가지 않았다. 더러운 것을 한번 접하고 나면 그 잔상이 오래도록 머릿속에 맴돌며 가슴을 짓눌렀다.

다이어트를 하는 많은 사람들이 고질적인 변비를 앓는데

나 또한 극심한 변비에 시달렸다. 폭식증으로 병원을 찾아갔을 때 담당의는 먹은 것이 너무 없는 경우 변을 보지 않아도 크게 문제는 없을 거라고 했다. 그 말을 듣고는 아예 변비에 대한 걱정이 사라졌다. 변의가 없어질 지경이었다. 변을 보는 행위 자체는 물론 더러운 변이 내 몸속에 있었다는 사실과 그것을 배설하는 과정까지 모든 게 너무 더럽게 느껴졌다. 그러니 먹은 것을 토해내야 하는 행위는 어떠했겠는가.

나는 변기에 구토하지 못했다. 나에게 변기란 절대 만져서는 안 되는 더러운 존재였기에 변기에 얼굴을 묻고 구토하는 것은 있을 수 없는 행위였다. 그래서 구토 전용 세숫대야를 만들어 거기에 전부 구토한 후 토사물을 변기에 흘려보냈다. 나중에는 토사물이 있는 세숫대야에 얼굴을 대는 것조차 끔찍하게 느껴져 욕실 하수구에 구토하고 샤워기로 바로 토사물을 흘려보냈다. 그러고선 즉시 샤워를 해야만 했다. 나의 폭토는 집에서만 가능한 것이었다.

폭식증을 앓고 있는 환자들은 때와 장소를 불문하고 음식 앞에서 자제력을 잃어버리는 경우가 많은데, 나의 경우 공공화장실에서 그것도 변기에는 절대 구토할 수 없기에 집 밖에서 폭식하는 것은 불가능했다. 간혹 외부에서 폭식한 적도 있었지만 그럴 땐 바로 집으로 돌아와서 구토했다. 그러나 집까지 오는 동안 이미 소화가 시작되어 먹은 것을 전부 게워낼 수 없다는 불안감이 반복되자 그마저도 하지 않게 됐다. 폭식증이 가장 심했을 때는 하루에 네다섯번까지 폭토를 했다. 대학교 2학년 2학기 중이었는데, 폭토를 하기 위해 집에만 있어야 하기에 학교를 점점 가지 않게 됐다.

폭식을 하고 먹은 것을 전부 게워내면 모든 에너지가 소진되고 아무것도 할 수 없게 된다. 의욕이 마이너스가 되고 만다. 폭식을 하기 전에 음식을 먹고 게워내고 몇시에 학교에 가면 시간이 맞겠다며 계획까지 세웠지만 막상 폭토를 한 후에는 학교에 갈 의욕이 모두 사라졌다. 움직이는 것조차 힘들었다. 그렇게 한두번 결석을 하던 것이 세번이 되고 네번이 됐다. 학교에 가는 길이 너무 멀게만 느껴졌다. 학교를 가지 않는 날은 하루 종일 먹고 토하기만을 반복했다.

많은 폭식증 환자들이 구토 행위를 반복함으로써 그로 인한 합병증에 시달린다고 한다. 위액 역류로 인한 치아 부식과 부어오른 기관지, 소화불량, 무월경 등 다양한 신체적 증상이 초래된다. 이러한 병증들이 생겼다면 걱정되는 마음에 더욱 빨리 치료를 시작했을지도 모른다. 그러나 나에게는 구토를 할 때 얼굴 부위의 실핏줄이 터지는 것 외에는 특별한 합병증은 없었다. 그조차 2~3일이 지나면 모두 사라졌다.

이 모든 행위가 잘못됐다는 것을 나도 알고 있었다. 내 인생을 쓰레기통에 버리고 있다고, 지금 당장 멈춰야 한다고 폭토를 할 때마다 생각했다. 구토를 하면서 토사물이 목구멍으로 올라올 때마다 '내가 뭘 하고 있는 거지. 내가 원한 건 이런 게 아니었는데'라는 생각뿐이었다. 폭식을 하는 매번 '이번이 마지막이야. 다시는 하지 말아야지'라는 다짐을 했다. 폭식증이 심해지자 왜 살을 빼고 싶었는지조차 알 수 없게 됐다. 그럼에도 멈출 수 없는 스스로를 견딜 수가 없었다. 그 모든 것이 괴로울 뿐이었다.

또 그렇게 폭토를 하던 어느날, 내가 조금 전까지 입안에 집어 넣었던 음식들의 토사물이 눈에 들어왔다. 더러웠다. 그것을 토해낸 내가 더럽게 느껴졌다. 내가 바로 토사물 그 자체였다. 고개를 들었다. 거울 속에는 입 주변에 토사물을 묻힌 채 동공이 풀린 사람이 있었다. 바로 나였다.

조금 더 나은 내가 되고 싶었을 뿐

나는 항상 눈에 띄는 아이였다. 정확히는 눈에 띄고 싶어 하는 아이였다. 그래서 수업 시간에 대답도 잘하고, 질문도 많이 했다. 매 학기 반장 선거에 나갔다. 더러는 반장이 되기도 했다. 클럽 활동, 방과 후 활동도 열심히 하고 고등학생 때는 선도부 활동, 학생회 활동도 열심히 했다. 전교 부회장도 했다. 성적이나 학교생활은 노력 여하에 따라 합당한 결과를 낼 수 있었다. 나는 활발하고 말이 많았고 언제나 분위기를 주도했다. 성적도 늘 상위권 수준이었다.

하지만 사람의 마음을 얻는 일은 늘 어려웠다. 좋아하는 아이가 생기면 성심을 다해 내 마음을 전달했다. 편지를 쓰고 선물을 준비했다. 보통 공이 많이 들어가는 선물이었다. 수제 초콜릿이나 직접 짠 목도리처럼 시간과 정성을 쏟은 선물 말이다. 그러나 상대방의 감정은 내 노력과는 별개의 것이었다. 나의 열렬한 애정 공세에도 불구하고 내가 좋아하던 아이가 내가 아닌 다른 예쁜 아이를 좋아하는 일을 몇 차례 겪고 나자, 나는 모든 원인이 내가 못생겼기 때문이라고 판단했다. 열심히 내 마음을 전해도 좋아하는 아이의 마음이 나를 향하지 않는 건 다 내가 못생기고 뚱뚱해서라는 생각이 강해졌다. 나무랄 데 없는 나에게 단 하나 부족한 건 바로 예쁜 외모와 날씬한 몸매, 즉 겉모습이었다.

고등학생 때 쌍꺼풀 수술을 했다. 온라인에 돌아다니는 연예인들의 성형 전후 사진을 보며 쌍꺼풀만 있으면 그야말로 미인이 될 줄 알았다. TV에 나오는 메이크오버 프로그램처럼 성형수술만 하면 미운 오리에서 백조가 될 거라고 생각했다. 그러나 쌍꺼풀 수술로는 그냥 내 눈꺼풀에 주름이 하나 생겼을 뿐이었고, 수술 후 내 외모는 크게 달라지지 않았다. 고등학교 시절 나는 '쌍꺼풀 수술로 예뻐진 아이'가 아닌 그저 '쌍꺼풀 수술한 아이'로 불렸다. 그것뿐이었다. 살을 뺀다고 해서 내 외모에 대단한 변화가 생길 거라고는 기대하지 않았다. 다만 지금의 나보다는 조금이라도 나은 내가 되고 싶었다. 그거면 된다고 생각했다.

대학교에 입학하고 나서는 사람의 마음을 얻는 것뿐만 아니라 다른 많은 것들에서 내가 노력한 만큼의 결과가 나오지 않았다. 공부를 열심히 하면 성적이 오르고 그림을 열심히 그리면 칭찬을 받았던 중고등학교 시절과 달리 대학교에서의 성적은 아무리 노력해도 평균 B가 되기 힘들었고, 그림을 잘 그리는 사람은 지천으로 깔려 있었다.

친구를 사귀는 것도 쉽지 않았다. 초등학교, 중학교, 고등학교가 하나씩밖에 없는 작은 마을에서 자랐던 나에게는 대부분의 친구들이 유치원 때부터 어울려 지내던 소꿉친구였다. 친구들과 잘 지내왔기에 대학교에 입학해 낯선 사람들로만 구성된 무리에 처음 합류하게 됐을 때 말 한마디조차 하기 힘들었던 경험은 큰 충격으로 다가왔다. 스무살이 되어서야 내가 낯을 가리는 성격이라는 것을 처음으로 깨달았다.

시간이 흐를수록 나는 그들 사이에서 편해지는 것이 아니라 오히려 더 소심해지고 폐쇄적으로 변했다. 함께 수업을 듣고 과제를 하며 물리적 거리는 가까워졌지만 마음까지 가까워지지는 못했다. 동기들 사이에 있을 때면 항상 좌불안석이었다. 눈치를 봤다. 겉도는 기분이었다.

나와 비슷하게 낯을 가릴지라도 예쁘고 날씬한 아이 주변에는 자연스럽게 사람이 몰렸다. 말이 없고 조용한 성격은 그 아이를 더욱 매력적으로 만들었다. 역시 다 내가 못생기고 뚱뚱하기 때문이라고 생각했다. 동기들은 모두 반짝반짝 빛나 보였다. 나는 공부도 못하고 날씬하지도 않다. 동기들의 친구로서 자격이 없다. 동기들이 가진 당당한 태도나 자신감이 전부 그들의 날씬한 몸매와 예쁜 외모에서 나온다고 생각했다. 나는 점점 모든 문제의 원인을 나의 외모에서 찾았다. 성격 문제는 고민하지 않은 채 외모만을 탓했다. 몸매가 변하면 성격도 변하고, 그렇게 인생도 달라질 수 있다고 믿게 됐다.

　살을 빼야만 했다. 어떻게 해서든. 무엇을 해도 내 뜻대로 되지 않던 상황에서 몸매만은 내 의지로 바꿀 수 있는 유일한 선택지였다. 아니, 당시에는 그렇게 믿었다. 한 유명 모델이 말하지 않았나, "세상 어떤 것도 내 맘대로 안 되지만, 몸은 내 의지로 바꿀 수 있다"고. 그렇지만 단지 살이 빠진다고 갑자기 내가 절세미인으로 재탄생할 것이란 기대는 애초에 없었다.

　애니타 존스턴은 『달빛 아래서의 만찬』에서 본인이 만난 섭식장애 환자들은 특별히 더 까다롭거나 반항적인 사람들이 아니었으며, 오히려 몇몇은 다른 이들보다 똑똑하고 재능 있고 창조적이었다고 말했다. 하지만 안타깝게도 그들은 스스로를 무능력하고 초라하며 재미없는 존재라고 여겼다고 한다.

존스턴의 말처럼 나는 똑똑하고 재능 있고 창조적인 아이였다. 그리고 스스로를 무능력하고 초라하며 재미없는 사람이라고 여겼다. 스스로에 대한 가치 판단의 기준이 오로지 외모뿐이었기 때문이다. 나에게 얼마나 다양한 재능과 매력이 있는지는 중요하지 않았다. 그저 예쁜 얼굴과 날씬한 몸매만이 내가 타인에게 인정받을 수 있는 유일한 길이었으니까.

거울 속 나, 사진 속 나

포털 사이트에 '섭식장애'를 검색하면 흔히 거울 앞에 선 여성의 이미지가 나온다. 거울 속 뚱뚱한 여성과 거울 앞에 서 있는 뼈만 앙상한 여성. 나는 그런 스테레오타입이 싫었다. '나는 그렇지 않아'라고 말하고 싶은 마음과 사실이라고 인정하는 마음이 동시에 들어 혼란스러웠다.

초등학교 저학년 시절, 이제는 제목도 기억나지 않는 공포영화에 거울 귀신이 등장했다. 눈으로는 보이지 않는데 거울에는 그 귀신의 모습이 비치는 장면이다. 너무 무서웠다. 나에게 거울 공포증이 생겼다. 거울을 보면 나를 보는 게 아니라 귀신이 보이지 않을까에만 온 정신이 팔렸다. 특히 화장실은 가장 무서운 공간이었다. 거울 공포증이 없어지기까지 무려 몇년의 시간이 걸렸다. 그래서였을까. 내가 거울을 무서워하며 내 모습을 보지 않는 사이 나는 많이 달라져 있었다.

거울 공포증이 생기기 전 거울 속 내 모습은 분명 예뻤다. 거울을 보며 '너는 어쩜 이렇게 예쁘니' 하고 생각한 적도 많았다. 그런데 다시 거울을 보니 예뻤던 내가 아닌 못생긴 내가 있었다. 거울을 보지 않아서 못생겨진 걸까? 하지만 그 기간은 오래가지 않았다. 금세 다시 거울 속 내가 예뻐 보였다. 지금에 와서 생각해보면 자기애였던 것 같다. 그 견고한 자기애를 무너뜨린 것은 다름 아닌 사진이었다.

중학교 시절, 항상 교복만 입던 우리에게 소풍 가는 날은 특별했다. 사복을 입을 수 있었기 때문이다. 이 기회를 놓칠 수 없는 나와 내 친구들은 몇달간 모은 용돈을 들고 가까운 시내로 가 쇼핑을 했다. 대부분의 아이들이 당시 인기 있던 걸그룹 패션을 따라 했다. 나는 노란색 반팔 스웨터에 시스루 안단이 치마 밑단으로 살짝 보이는 하얀 치마를 입고 루즈삭스를 신어 한껏 멋을 냈다.

1990년대 후반은 디지털카메라가 대중화되기 전이라 집에서 필름카메라를 가져오거나 일회용 필름카메라를 사용했다. 지금도 그렇지만 그때도 다들 사신 찍기에 여념이 없었다. 나 역시 그랬다. 집에 있는 카메라를 가져가 친구들과 삼삼오오 모여 여기저기에서 사진을 찍었다. 필름카메라는 종이에 인화하기 전까지 사진을 확인할 수 없다. 필름 한롤로 찍을 수 있는 사진은 24장 혹은 36장으로 요즘처럼 잘 나올 때까지 수십장의 사진을 찍거나 잘 안 나온 사진을 바로 삭제할 수도 없었다. 소풍 때 찍은 사진을 현상하기 위해 필름을 사진관에 맡겼다. 며칠을 기다려 사진을 받아본 나는 충격에 빠졌다. 사진 속의 나는 거울 속 내 모습이 아니었다. 사진에는 내가 모르는 못생기고 뚱뚱한 여자아이가 있었다. 뚱뚱한 몸 위에 걸쳐진 하얀 치마와 루즈삭스가 너무 민망했다.

아마도 어린 시절, 사람들에게 예쁘다는 말을(인사치레였겠지만) 자주 들었던 탓이었겠지만, 나는 줄곧 내가 예쁜 줄 알았다. 정말 그랬다. 사춘기에 접어들고 살이 찌고 나서도 나는 스스로를 예쁘다고 생각했다. 그만큼 자기애가 강했다. 중학교 2학년 봄 소풍에서 찍은 사진을 확인한 후 나는 심각하게 내가 못생겼다고 느꼈다. 초등학교 때 잠시 느꼈던 감정과는 달랐다. 그후 나는 사진 찍는 것을 싫어하게 됐다. 그리고 다이어트를 선언했다. 하지만 먹성 좋은 사춘기에 살을 빼는 것은 결코 쉽지 않았다. 쉬는 시간마다 친구들과 어울려 가게 되는 매점과 야간 자율학습 시간에 먹는 야식 등 음식의 유혹에서 벗어날 수 없었다. 그렇게 중학교 2학년 때부터 고등학교 졸업 때까지 줄곧 다이어트 중이었지만 단 1킬로그램도 빠지지 않았고 나는 그대로 대학교에 진학했다.

대학교에 입학하자 디지털카메라 붐이 일었다. 당시 인기 배우가 자신의 취미를 디지털카메라로 사진 찍기라고 소개한 후부터 특히 여자들 사이에서 사진 찍기는 취향 좋은 취미의 표본이 됐다. 초절식으로 다이어트에 성공한 후 디지털카메라를 샀다. 어디를 가든 디지털카메라와 함께였다. 전시회를 가거나 카페를 갈 때도 실상은 사진 찍는 것이 목적이었다. 사진 속 내 모습을 좋아하게 됐다. 내 사진을 보느라 시간 가는 줄 몰랐다. 몇십 장의 사진 중 하나를 골라 싸이월드에 올린 후 일촌들의 반응을 기다렸다.

셀카 속 내 모습도 예뻤고 혼자 먼 곳을 지그시 바라보고 있는 사진도 좋았다. 문제는 누군가와 함께 찍은 사진에서 발생했다. 내가 예뻤던 것은 혼자 찍은 사진 한정이었다. 대학 동기의 옆에 앉아 렌즈를 바라보고 있는 나는 내가 알던 내가 아니었다. 여전히 못생긴 내가 동기의 옆에서 어설프게 미소 짓고 있었다. 자연스럽게 타인과 나의 겉모습을 비교하게 됐다. 나는 다시 사진 찍는 것을 그만두었다. 누군가의 옆에 있는 사진 속 나를 대면할 자신이 없었다.

다시 거울을 봤다. 어릴 적 영화에서 봤던 거울 귀신은 더이상 없었지만 대신 다른 것이 있었다. 내가 정해놓은 미의 기준 말이다. 그것은 내가 거울을 볼 때마다 내 옆에 나란히 서서 나를 조롱했다. '뚱뚱해' '엉덩이 좀 봐' '팔뚝 살 어떻게 할래?' '못생겼어' 그 기준은 시시때때로 변했다. '볼살이 좀 쪘네?' '허리에 살 좀 붙었어?' '대체 뭘 그렇게 먹은 거니?' '코가 좀더 높아야 되는 거 아니야?' '요즘에는 눈꼬리 처진 게 유행이야' 전쟁이 시작됐다. 거울 속 나와의 전쟁. 끝나지 않는 전쟁.

올슨 자매와 니콜 리치

다이애나 스펜서가 영국의 왕세자비가 되어 세간의 관심을 받게 되는 시기와 맞물려 카메라 제작 기술이 비약적인 발전을 이룬 덕에 파파라치의 역사가 시작됐다. '비운의 왕세자비'라는 수식어가 따라다니는 다이애나는 결국 파파라치의 추적을 피하려다 사고를 당해 사망했다. 찰스 왕세자와의 만남이 시작된 이후 20년 가까운 세월, 파파라치들은 집요하게 다이애나를 쫓았다. 그녀의 사진 한장이면 미디어로부터 두둑한 금액을 받아낼 수 있었기 때문이다.

이후 스타들의 일상을 찍은 파파라치 사진은 타블로이드지에 비싼 값에 거래됐고 이는 곧 '팔리는 기사'가 됐다. 대중은 파파라치 사진 속 스타들에 열광했다. 일상을 흠모하고 패션을 따라 했다. 파파라치 사진의 파급력이 커지며 스타들은 공식 석상이 아닌 일상복에도 스타일리스트를 고용했고 브랜드는 이를 광고에 활용했다. 최근 유행하는 '아이돌 출근 패션' '공항 패션'이라는 이름으로 소구되는 광고 방식의 시초라 할 수 있다.

폭식증이 시작될 무렵 할리우드 파파라치 사진 속 패션이 전세계적으로 유행했다. 가수나 배우 등 연예인이 아니어도 단지 유명하다는 이유만으로 파파라치에 찍히는 사람들이 생겨났다. 이들은 '셀러브리티'라는 새로운 계층을 이루며 미디어를 메웠다. 그중 올슨 자매와 니콜 리치는 당시 파파라치 사진으로 타블로이드지를 장식하는 단골손님이었다.

올슨 자매로 불리는 메리 케이트 올슨과 애슐리 올슨은 쌍둥이 자매다. 어린 시절 할리우드 영화에 콤비로 등장해 큰 인기를 얻었다. 그리고 할리우드 아역 출신 배우들이 그러하듯 10대에서 20대로 넘어오는 시기 기행과 외모 변화로 다시 한번 주목을 받았다. 기행이라지만 사실 파티에서의 난동이나 남자친구와의 애정 행각 등 귀여운 것들이었다. 그러나 외모 변화는 달랐다.

그녀들은 마치 거식증에 걸린 환자처럼 말라갔다. 귀엽기만 한 외모가 싫다는 듯 젖살을 빼더니 점점 여위어갔다. 그녀들을 추종하는 소녀 팬들이 많은 만큼 우려의 목소리가 높아졌고, 온갖 타블로이드지에서 그녀들의 몸무게를 가늠하는 추측성 기사를 쏟아냈다. 그리고 잡지 속 그녀들과 나란히 이름을 올렸던 사람이 한명 더 있으니 다름 아닌 니콜 리치다.

니콜 리치는 미국의 유명 작곡가 라이어널 리치의 딸이지만 글로벌 호텔 체인인 '힐튼'의 손녀 패리스 힐턴의 친구로 더 유명하다. 둘이 함께 리얼리티 프로그램에 출연하며 알려졌기 때문이다. 모델처럼 키가 크고 깡말랐던 패리스 힐턴과 달리 작은 키에 통통한 체구였던 니콜 리치는 당연하다는 듯 패리스 힐턴과 비교 대상이 됐다. 프로그램이 끝나고 얼마간의 시간이 흐른 후 파파라치 사진에 등장한 니콜 리치는 그야말로 곧 말라 죽는 게 아닌가 걱정이 될 정도로 깡마른 상태였다. 뼈에 살가죽만 겨우 붙어 있었다. 올슨 자매와 니콜 리치, 미디어가 우려하며 기사들을 펴 날랐던 그들은 당시 나의 선망의 대상이었다.

그들은 왜 그렇게 말라야 했을까? 올슨 자매나 니콜 리치 외에도 당시 할리우드의 수많은 20대 배우들은 누가 누가 더 마를 수 있나 시합이라도 하듯 말라갔다. 2000년대 초반은 한국에서도 모델 출신 배우들이 인기를 얻고 있었고 그들의 몸매는 날씬한 연예인 중에서도 더욱 마른 축에 속했다. 다이어트 비법을 묻는 잡지 인터뷰에서 그들이 "원래 먹는 걸 싫어해요. 귀찮아서요"라고 대답하는 걸 볼 때면 그들의 그런 식성이 부럽기도 하고 식욕이 왕성한 내가 잘못된 것처럼 느껴지기도 했다.

젊은 여성들 사이에서는 먹는 것을 귀찮아하는 그들의 습성을 쿨하게 생각하며 이를 따라 하는 사람들도 있었다. 지금으로 보자면 프로아나족이었다. 할리우드 타블로이드지도 마른 스타들의 섭식장애를 걱정하는 척하며 그들의 마른 몸을 대문짝만하게 싣는 것으로 화제몰이를 했으니, 얼핏 보면 다른 결의 기사로 보이지만 마른 연예인들의 다이어트 비법을 묻는 국내 잡지들과 그 속성은 동일했다.

출처를 알 수 없는 '표준 몸무게'와 '미용 몸무게'가 인터넷에 나돌지만 사람마다 이상적이라 여기는 몸매의 기준은 각각 다를 것이다. 나에게 그 기준은 '뼈'였다. 말라서 뼈 모양이 드러나 보이는 것. 그것이 내가 생각하는 이상적인 몸매였다. 꾸준한 운동으로 잡힌 탄탄한 잔근육 사이로 보이는 뼈가 아니다. 깡말라서 골반, 쇄골, 척추 등의 뼈가 앙상하게 드러나야 했다. 올슨 자매와 니콜 리치의 비쩍 마른 몸과 푹 꺼진 볼을 보면 생기라고는 전혀 느껴지지 않았지만 내가 그들의 몸을 보며 현혹됐던 것은 앙상하게 드러나는 그녀들의 뼈였다. 그중에서도 갈비뼈와 척추.

그 시작은 스무살 때 본 영화의 한 장면이었다. 나체의 몸으로 웅크리고 앉아 있던 주인공의 등에 갈비뼈와 척추 모양이 선명하게 드러났다. 찰나였지만 내 눈을 사로잡기에는 충분한 시간이었다. 영화의 내용은 모두 사라지고 내 기억 속에 남은 것은 그녀의 등뿐이었다. 그날부터 여리여리한 그녀의 몸매가 세상에서 가장 아름다운 몸으로 각인됐다. 그 이후 올슨 자매와 니콜 리치처럼 뼈가 앙상하게 드러나는 몸매를 가진 사람들을 추종하게 됐다. 그런 몸이 되기 위해 더욱더 심한 다이어트를 했다. 그 배우처럼 연약해 보이고 보호본능을 일으키는 몸이 되고 싶었다.

파파라치에게 시달리던 다이애나 왕세자비는 섭식장애를 앓고 있었다고 한다. 스무살의 나를 현혹했던 그녀는 우울증으로 고통스러워하다 불의의 사고로 세상을 떠났다. 과연 우연일까.

영화와 드라마 속 섭식장애

영화나 드라마에서는 대체로 모든 것들이 미화되기 마련이다. 내가 영화나 드라마에서 본 섭식장애 환자들 역시 마찬가지였다. 섭식장애의 경우 환자 본인이 나서서 병을 드러내는 일이 드물기 때문에 구체적인 사례나 병에 대한 정보를 얻기가 쉽지 않다. 그렇기에 다른 환자들은 어떠한지 알기 위해 영화나 드라마를 찾아보게 된다. 그러나 여기에 주의해야 할 점이 있다. 많은 작품들이 섭식장애를 있는 그대로 보여주기보다 미화한다. 특히 섭식장애 증상을 캐릭터를 설명하기 위한 장치로 사용하곤 한다.

또 하나 주의해야 할 것은 섭식장애 재발 위험성이다. 상태가 호전되다가도 영화나 드라마 속 섭식장애 관련 장면이 트리거가 되어 다시 폭식과 구토를 하는 경우도 생긴다. 다음의 작품들은 섭식장애 환자가 주연 혹은 조연으로 나온 영화와 드라마로 나에게 자극을 주었던 작품들이기도 하다. 드라마 「마이 매드 팻 다이어리」(총 3시즌, 2013~2015), 「스킨스」(총 7시즌, 2007~2013), 「가십걸」(총 6시즌, 2007~2012), 영화 「블랙스완」(2010), 「머시니스트」(2004), 「공기인형」(2009), 「혐오스런 마츠코의 일생」(2006), 「콰이어트 룸에서 만나요」(2007), 「김씨표류기」(2009), 「투더본」(2017).

이 중 나를 가장 크게 뒤흔들었던 작품은 일본 영화 「혐오스런 마츠코의 일생」이다. 평범했던 여인의 인생이 작은 사건을 계기로 어떻게 파국으로 치닫게 되는지를 B급 감성으로 보여주는 뮤지컬 영화인데, 아름다웠던 마츠코는 죽기 전 폭식증에 걸린 채 오랫동안 칩거 생활을 한다. 그 모습이 마치 나의 미래인 것 같아 공포스러웠다. 특히 인상 깊었던 작품은 고레에다 히로카즈 감독의 「공기 인형」이었다. 극 중 폭식증에 걸린 일러스트레이터가 잠깐 등장하는데, 그는 작품 하나를 완성한 후 의식을 치르듯 폭식과 구토를 했다. 마치 내 모습을 화면으로 보고 있는 것 같았다. 그의 고통이 내 고통인 듯 고스란히 느껴졌다.

「마이 매드 팻 다이어리」는 폭식, 자해, 이상행동 등으로 정신병동에 입원했던 10대 소녀가 퇴원해 다시 일상에 적응하며 자신과 마주하는 이야기다. 「스킨스」 또한 10대들의 방황을 다룬 작품으로 주연 중 한명인 캐시는 거식증 치료 중이다. 「가십걸」에서도 주인공인 블레어가 폭식증을 앓고 있는 것으로 나온다. 섭식장애를 앓고 있는 인물들은 모두 10대 소녀들이고 이혼 가정에서 친모와 계부와 함께 산다는 공통점이 있다. 섭식장애 환자가 원톱 주연으로 나오는 「마이 매드 팻 다이어리」와 달리 「스킨스」와 「가십걸」에는 서브 캐릭터에 독특한 성격을 부여하기 위한 설정으로 섭식장애가 사용됐다. 특히 캐시라는 캐릭터는 금발 미소녀에 엉뚱하고 사차원적인 매력이 10대들 사이에서 인기를 끌어 '캐시병'이란 말을 유행시키기도 했다. 한창 드라마가 인기 있을 무렵 드라마 속 캐시와 같이 약간 멍한 표정으로 엉뚱하게 행동하는 것을 따라 하는 사람을 보고 캐시병에 걸렸다고 놀리기도 했다.

최근 일부 젊은 여성들 사이에서 유행처럼 번지는 프로아나는 바로 이러한 섭식장애의 미화에서 비롯됐다고 할 수 있을 것이다. 「스킨스」를 보고 자란 아이들은 그게 정확히 어떤 병인지도 모른 채 단지 캐시 같아 보이고 싶어할지도 모른다. 마르고 엉뚱하면서 매력적인 여자아이. 그걸 위해서라면 캐시처럼 섭식장애에라도 걸리고 싶어한다. 섭식장애가 자신을 특별하게 만들어주는 것처럼 느껴지기 때문이다. 캐릭터를 설명하기 위한 장치로 섭식장애를 섣불리 사용하면 안 되는 이유이기도 하다.

실제 섭식장애 환자들이 제작에 참여했다는 「투더본」의 경우 섭식장애 환자의 실상이 적나라하게 묘사되어 있다. 「투더본」은 섭식장애를 있는 그대로 보여주는 영화다. 영화 속 인물 누구도 섭식장애로 인해 매력적인 캐릭터로 묘사되지 않는다. 심각한 단계의 섭식장애 환자들이 모여 치료를 받는 센터가 배경인 이 영화에는 다양한 부류의 섭식장애 환자가 등장한다. 음식을 무조건 거부하는 환자, 폭식을 하는 환자, 먹고 토해내는 환자 등 병증은 다르지만 이들은 음식을 조절하지 못한다는 공통점을 지니고 있다. 나는 이 영화에서 주인공이 습관적으로 자신의 팔뚝 두께를 재던 모습을 보고 너무 놀랐다. 일반적으로는 엄지와 중지로 반대쪽 손목의 둘레를 재는데 그 주인공은 반대쪽 팔뚝의 둘레를 쟀다. 팔뚝 두께를 체크하는 것으로 자신이 살이 쪘는지 가늠했던 것이다. 섭식장애 환자들은 자기만의 체중계를 갖고 있다. 영화 속 그 장면은 이 점을 정확하게 묘사했다. 단순히 체중계의 숫자에 집착하는 것을 넘어 다양한 방식으로 체형에 집착하는 섭식장애 환자의 모습에서 나 역시 스스로 미처 깨닫지 못했던 섭식장애 증상을 새로이 알게 됐다.

하체 비만이었던 나는 특히 허벅지 두께에 집착했다. 똑바로 섰을 때 양 허벅지 사이에 공간이 어느 정도인지로 체형을 평가했다. 샤워를 마친 뒤 전신거울 앞에 똑바로 서서 허벅지 사이의 공간을 확인한다. 공간이 있으면 세이프. 만약 양 허벅지가 조금이라도 닿아 있으면 머릿속에 빨간불이 켜졌다. 살이 쪘다는 신호였다. 더이상 체중을 재지 않게 됐을 때도 이 행동은 지속됐다. 사실 체중계 위에 올라가지 않아도 몸의 느낌이나 일명 '눈바디'를 통해 체중을 대충 가늠할 수 있었다.

대부분의 영화나 드라마는 미장센과 영상미를 추구하기에 추한 것은 감추고 아름다운 것은 부각시키는 경향이 있다. 울 때도 예뻐야 하고 전속력으로 달릴 때도 자세는 완벽해야 한다. 불치병 환자도 단지 비련의 주인공일 뿐이다. 섭식장애도 마찬가지다. 음식을 정신없이 먹고 그것을 변기에 모두 게워내는 그 생생한 장면들은 감춰둔 채 섭식장애 환자 연기를 하는 배우의 마른 몸만을 부각한다. 그것을 본 아이들은 섭식장애에 걸려서라도 저 배우처럼 마르고 싶다는 생각을 하게 될지도 모르는데 말이다. 뚱뚱한 것보다는 섭식장애에 걸렸더라도 마른 것이 훨씬 낫다고, 영화 속 과장된 주인공들이 말해주고 있기 때문이다.

또 하나, 영화와 현실은 다르다는 것도 짚고 넘어가야겠다. 영화 속 모든 사건에는 명확한 동기나 원인이 있기 마련이다. 그러나 현실에서는 대체로 명확한 원인을 찾기가 어렵다. 내가 봤던 영화나 드라마에서는 엔딩에 가까워질수록 주인공들이 섭식장애를 유발한 원인에 다다르고 이를 해소하는 것으로 병에서 회복됐다. 하지만 실제로는 섭식장애의 원인을 파악하기란 쉽지 않은 일이며 해소와 회복도 명료하게 이루어지지 않는다. 아무리 영화를 보고 드라마를 봐도 내가 폭식증에 걸린 원인은 그 안에 없었다.

섭식장애를 포장하는 미디어

스마트폰에서 뉴스의 헤드라인을 읽어가던 중에 '걸그룹 멤버 ○ ○ ○ 거식증? 마른 몸매에 팬들 걱정'이라는 제목이 지나간다. 기사 제목의 '거식증'이란 단어를 발견한 순간 심장박동이 빨라지고 초조해진다. 떨리는 손으로 스마트폰 화면을 터치한다. 전환된 화면에는 뼈가 앙상하게 드러난 여자 연예인의 사진이 실려 있다. 순간 미묘한 감정들이 교차하면서 회오리친다.

대부분의 섭식장애 환자들이 연예인의 섭식장애 논란 기사를 보면 쉽게 동요하지 않을까? 나는 지금도 이런 기사를 보면 사고가 마비되어 한동안 그 기사에서 벗어날 수가 없다. 단순히 마른 연예인의 사진을 보는 것보다 뉴스의 제목이나 기사에서 '거식증' '폭식증'이란 단어를 보게 되면 곧바로 그 대상에게 스스로를 투영해버리게 된다. 폭식증이나 거식증이란 단어가 그리 쉽게 기사 제목이 되는 것은 클릭수를 늘리기 위한 온라인 매체의 속성이라며 그냥 넘겨야 할까?

정상이지 않은 것들이 정상인 듯 포장되어 기사로 유포된다. 공백기에는 체중이 불었다가 활동기에 급격한 다이어트로 마른 몸매가 되어 나타나는 가수들의 소식이 당연한, 프로페셔널한 자세인 듯 전해지고, 하루에 탄산수 두병만 마시며 살을 뺐다는 걸그룹 멤버의 일화는 꿈을 위해 도전하는 열정으로 포장된다.

그러한 기사를 접할 때면 나는 두가지 모순된 감정을 느낀다. 바로 연민과 희열. '외모 평가에 얼마나 스트레스를 받았으면 저렇게 안쓰러울 정도로 살을 뺐을까' 싶은 연민의 마음과 '너도 나랑 똑같아. 너도 나랑 같은 환자야' 같은 동류를 발견했다는 희열감이다. 그러고는 기사 속 연예인과 나의 몸을 비교한다. 이내 더 마르고 싶은 경쟁의식이 발동한다. '내가 더 마를 거야'라고 다짐한다. 그리고 섭식장애 증상은 더욱 심해진다.

연예인의 과도한 다이어트가 단골 뉴스 소재가 될 정도로 지금 우리 사회는 마른 것에 민감한 듯하다. 항상 말랐든 혹은 갑자기 말라졌든 모두 문제가 있는 것으로 여겨지곤 한다. 비만은 질병이기에 뚱뚱한 것에도 마른 것만큼 엄격하다. 많은 방송 프로그램들이 건강한 식습관의 결과로 체중 감소를 이야기한다. 있는 그대로의 몸을 사랑해야 하지만 건강을 위해 적정 체중은 지켜야 하는 세상이다. '다 너 걱정해서 그러는 거야'라는 말로 몸매 평가를 합리화한다.

　　한때 고도비만인들을 모아놓고 정해진 기간 안에 체중을 가장 많이 감량한 사람에게 상금을 주는 예능 프로그램이 인기를 얻었다. 출연자 대부분이 비만으로 인한 성인병에 시달리고 있었다. 그들에게 다이어트란 건강과 외모 두마리 토끼를 잡는 일이었다. 그러나 개개인의 체질과 상황을 고려하지 않는 군대식 다이어트는 자연스럽게 요요현상으로 이어졌고, 출연자 대부분은 방송이 끝나고 얼마 지나지 않아 원래의 체중 이상으로 살이 쪘다고 한다.

　　건강을 내세워놓고 드라마틱한 결과만을 원했던 방송의 폐해였다. 달라진 외모와 건강한 신체를 얻게 되리라 믿었던 출연자들은 다이어트 전보다 살이 잘 찌는 체질로 변했다. 그렇게 미디어는 다이어트를 건강으로 포장해 대중을 종용하곤 한다. 그러나 그런 콘텐츠의 이면에는 다이어트 식품, 운동기구, 다이어트 보조제 등을 팔기 위한 전략이 숨어 있다. 혹시 오늘 SNS에서 봤던 날씬한 몸매의 건강 전도사들이 뭔가를 팔고 있지는 않았나?

다이어트 방송 이전에는 일반인들에게 성형을 해주는 프로그램이 인기를 끌었다. 성형수술로 신체적 콤플렉스를 극복해 인생을 바꿀 수 있다는 것이 방송의 주요 골자였다. 매회 불행한 환경의 출연자가 불행을 가중하는 신체적 결함을 사연으로 전시하고 도움의 손길을 구한다. 불행 토너먼트에서 우승한 출연자를 각 분야 최고라는 성형외과, 피부과, 정신과 의사들이 함께 공조해 메이크오버시킨다. 성형수술의 부기가 빠질 때까지 방송국의 지원을 받으며 지낸 출연자는 이내 아름다운 모습으로 녹화장의 무대에 오른다. 방송에 나오는 출연자의 전과 달라진 행복한 표정을 보면 정말 그의 앞에 '꽃길'만이 펼쳐질 것 같다. 이에 현혹된 대중들은 성형수술을 원래의 자신을 부정하는 것이 아닌 콤플렉스를 극복하는 자기관리의 수단 혹은 인생을 좀더 나은 길로 인도해주는 방향키로 인식하게 된다. 예쁜 옷을 입어 자신을 돋보이게 하는 것처럼 성형수술도 예쁜 외모를 위해 비용을 지불하는 합리적인 행위로 인식하게 되는 것이다.

그러나 성형수술, 특히 미용을 목적으로 하는 성형수술은 사람의 신체를 인위적으로 훼손하는 행위이고 마땅히 그에 따른 부작용이 있다. 성형수술 의료사고가 사회 문제로 떠오르고 성형 부작용에 대한 자성의 목소리가 높아지면서 비판이 커지자 해당 프로그램은 종영했다. 성형외과 광고 또한 규제가 강화됐다. 이제는 성형수술이 인생을 바꿔주는 만능열쇠가 아니라는 사실을 많은 대중이 인식하고 있을 것이다. 성형수술에 따른 부작용이 어떤 것인지도 알고 있다. 다이어트에 있어서도 이런 인식의 전환이 필요하다. 섭식장애의 일차적인 발병 원인은 대부분 과도한 다이어트 때문이다.

먹방이 하나의 장르로 안착할 정도로 맛있게, 복스럽게 먹는 것이 선호되면서도 많이는 먹되 날씬해야만 한다. 곱창을 먹고, 빵을 먹으면서 동시에 다이어트 보조제를 먹는다. SNS에 넘쳐나는 다이어트 관련 제품 광고의 비포-애프터 사진은 과연 진짜일까? 다이어트에 도움을 준다는 보조제들은 얼마나 효과가 있을까? 그 안에 있는 정보와 리뷰들을 정말 있는 그대로 믿어도 되는 것일까? 우리는 잘 먹되 살찌지 말아야 하는 기형적인 세상에 살고 있다. 다이어트는 자기관리가 아니다. 날씬한 몸매는 건강함의 상징이 아니고 자기관리의 결과도 아니다. 우리가 진짜 관리해야 하는 것은 정신과 신체의 균형이다.

우울증 환자의 자살 기사 말미에는 우울증으로 힘든 이들에게 도움의 손길을 줄 수 있는 기관들의 연락처가 필수로 기재되어 있다. 그러한 기사들이 우울증 환자들에게 안 좋은 영향을 끼칠 수 있기 때문이다. 유명 인사들의 거식증, 폭식증 논란 기사 말미에도 관련 정보들이 기재되어야 한다고 생각한다. 기사를 읽으며 기사의 주인공과 같은 고통을 겪는 사람들이 도움받을 수 있는 곳에 대한 정보를 기재하고 섭식장애는 치료가 필요하다는 사실을 명시해야 한다. 섭식장애는 우울증과 한뼘 거리에 있다. 같은 종류의 도움이 필요하다.

비너스와 코르셋

2020년 2월 전세계적으로 유명한 여성속옷 브랜드 빅토리아 시크릿이 매각된다는 기사가 나왔다. 그보다 한해 전인 2019년 빅토리아 시크릿은 전매특허인 패션쇼를 폐지하기로 결정했다고 발표했다. 이런 소식들이 나에게는 어떤한 시대가 막을 내리는 듯한 느낌을 주었다.

대학 시절 서양복식사는 내가 가장 좋아한 과목이었다. 아침에 내 나름 심사숙고로 고른 옷은 어디에서 시작됐을까? 그리고 내가 '골랐다고' 생각했던 이 옷은 정말 나의 선택이었을까? 궁금했다.

복식사를 공부하면서 나를 가장 사로잡았던 것은 시대에

따라 미의 기준이 달라진다는 점이었다. '비너스'는 흔히 여성미의 전형을 의미하는 말로 쓰인다. 그리고 비너스의 모습은 시대에 따라 변해왔다.「빌렌도르프의 비너스」라는 구석기 시대 조각상이 있다. 풍만한 가슴을, 그보다 더 풍만한 배 위에 늘어뜨린 뚱뚱한 여성의 모습이다. 고대의 아름다운 여성은 풍만한 몸매를 가진 사람이었다. 고대 그리스 말기의 비너스상인「밀로의 비너스」는 비너스를 표현한 대표적인 조각상이다. 지금도 많은 이들이 '비너스' 하면 이 조각상을 제일 먼저 떠올린다. 팔 부분이 부서져 기묘해진 형태를 제외한다면 비너스 조각상의 몸매 자체는 남자와 비슷하게 두툼하고 근육이 보기 좋게 붙어 있다. 르네상스 시대 작품인 산드로 보티첼리의「비너스의 탄생」속 비너스는 전체적으로 살집이 있는 몸매로 볼록한 아랫배에 희고 고운 피부를 가졌다. 18세기 작품인 장 오귀스트 도미니크 앵그르의「물에서 태어난 비너스」속 비너스도 조금 더 요염해졌다는 인상이 더해졌을 뿐 풍만한 몸매에 볼록한 아랫배 그리고 백옥 같은 피부는 여전히 비너스의 상징으로 표현됐다.

나는 과연 지금의 비너스는 어떤 모습일까를 상상해봤다. 어렵지 않게 머릿속에 한가지 이미지가 떠올랐다. 빅토리아 시크릿 패션쇼의 런웨이 위 모델들이었다. 커다란 가슴, 갈비뼈가 드러나 보이는 잘록한 허리에 기다란 다리로 런웨이를 힘차게 걸어오다 이내 턴을 하면 탄력 있는 엉덩이가 드러나는, '엔젤'이라 불리던 금발의 백인 미녀들 말이다.

현대의 비너스는 큰 키와 긴 다리는 기본이고, 마르되 가슴만은 자신의 머리통보다 커야 한다. 코르셋을 입지 않아도 허리는 잘록해야 한다. 그녀들을 보고 있자면 나는 아무리 노력해도 이번 생에는 아름다워질 수 없고, 다시 태어나도 저 정도로 아름다워질 수는 없을 것 같았다. 그리고 생각했다. '왜 이 시대의 비너스는 빅토리아 시크릿의 모델이지? 살집 있는 비너스의 시대도 있었는데…' 풍만한 몸매의 비너스를 볼수록 내가 살고 있는 시대가 한탄스러웠다. 과거 뚱뚱한 여인들이 사랑받던 시대로 가고 싶었다.

그 생각이 부끄러워진 건 그로부터 한참 지난 2012년, 우디 앨런 감독의 영화 「미드나잇 인 파리」(2011)를 본 후였다. 영화 속 남자 주인공은 약혼녀와 파리로 여행을 떠났다가 그곳에서 자신이 평소 흠모하던 시대인 1920년대로 타임슬립을 하게 된다. 1920년대는 즐거웠고 황홀했다. 남자는 1920년대에 머물기로 결심한다. 그러나 그가 사랑에 빠진 1920년대의 여인은 1920년대가 희망이 없다고, 그보다 앞선

벨 에포크 시대에 살고 싶다고 말한다. 그 영화를 보는 내내 낯이 뜨거웠다. 그 남자의 모습이 마치 나를 보는 것 같았기 때문이었다. 내가 사는 이 시대는 잘못됐다, 과거가 좋았다는 단순한 발상에서 나온 현실도피 말이다.

내가 사랑했던 영화들이 다시 보였다. 「오만과 편견」(2005)의 원작자인 제인 오스틴은 여성이 결코 작가가 될 수 없었던 시대의 장벽을 넘어서기 위해 싸웠고, 「엘리자베스」(1998) 속 엘리자베스 여왕은 남자들 사이에서 기세에 눌리지 않기 위해 화려한 치장을 했다. 옷의 무게만으로도 여왕으로서의 무게가 느껴질 정도였을 것이다. 「진주 귀걸이를 한 소녀」(2003)는 어떤가. 사회 하층민으로 교육은 꿈도 못 꾼 채 어린 나이에 부잣집 식모로 들어가 겨울에도 차가운 물에 빨래를 해야 하는 어린 소녀의 고단함이 고스란히 드러난다. 나는 그저 영화에 나오는 예쁜 드레스와 목가적인 풍경에만 매료되어 과거의 허상에 빠졌던 것을 반성했다.

비너스에는 그 시대의 욕망이 담겨 있다. 시대에 따라 미의 기준은 다르지만 공통점이 하나 있다. 그들이 원했던 아름다움의 기준은 모두 사회의 특권층만이 누릴 수 있는 부의 상징이었다는 것이다. 현시대가 요구하는 마른 몸매의 비너스 또한 마찬가지가 아닐까.

싼값에 구매할 수 있는 정크푸드가 넘쳐나는 시대, 과도한 노동으로 하루를 보내며 끼니란 그저 생을 연명하기 위한 것일 뿐인 시대를 사는 이들에게 '꾸준한 운동으로 근육이 보기 좋게 붙은 탄력 있는 몸매'는 새로운 미의 기준이 됐다. 이런 수준의 '자기관리'는 상위 계층의 특권일 수밖에 없다. '王'(왕) 자가 선명한 복근은 하루 최소 한시간 이상 운동할 시간과 체력, 그리고 운동을 함께할 트레이너까지 있어야 가능하고, 출산 후 단시간에 살을 빼는 것은 그에 맞는 고비용의 맞춤 케어가 있어야 가능하다. 보통 사람이 조금 무리한다고 되는 일이 아니다. 그럼에도 비용과 과정은 숨겨진 채 결과만이 우리 앞에 드러나는 현실에서 우리는 날씬하지 않은 몸매의 원인을 나태함이라고 생각하게 되고 만다.

다행히 최근 몇년 사이 미의 기준이 급변하고 있다. 빅토리아 시크릿은 여러 악재가 겹쳐 추락했다. 그중 결정타는 최고 마케팅 책임자의 발언으로 촉발된 불매운동이었다. 한 인터뷰에서 "시대의 흐름에 맞춰 트랜스젠더 모델이나 플러스 사이즈 모델을 쓸 생각은 없냐"라는 질문에 그는 "그들은 우리가 생각하는 판타지의 표본이 아니다"라고 답했다. 그리고 여성들은 더이상 빅토리아 시크릿을 입지 않기로 결정했다. 파문 이후 빅토리아 시크릿에서 트랜스젠더나 플러스 사이즈 모델을 기용하는 노력을 했음에도 이미 등을 돌린 여성들의 마음은 돌아오지 않았다. 이렇듯 지금의 변화를 주도하는 세력은 기업이나 미디어가 아닌 여성 자신들이다.

나는 여성의 신체를 억압했던 의복인 코르셋에 관해서도 잘못된 생각을 갖고 있었다. 코르셋이란 이름은 18세기 이후 영국에서 붙여진 것이고, 프랑스에서는 시대에 따라 코르사주, 바스킨, 코르피케 등으로 불렸다. 르네상스 시대를 지나면서 사람들의 미의식도 전에 없는 변화를 맞이했다. 몸을 감싸는 복식에서 인체의 아름다움을 드러내는 복식으로 변화하면서 의복은 남성성과 여성성 각각의 매력을 강조하는 방식에 집중하게 된다. 여성성의 상징은 바로 가는 허리였다. 이를 위해 자연스럽게 어깨와 치마폭은 더욱 과장되게 부풀었고 허리는 코르셋을 이용해 꽉 조였다. 코르셋의 본격적인 등장이다.

나는 그 시절 귀족 여성들이 입었던 화려한 드레스와 개미허리를 만들어주는 코르셋이 부러웠다. 나는 조금만 먹어도 배가 나오는 게 너무 싫은데, 옛날 여자들은 코르셋이 잡아주니까 많이 먹어도 옷 밖으로는 티가 안 나겠구나. 지금은 코르셋이 있을 때보다도 더 엄격한 미에 대한 잣대를 들이대는구나. 코르셋도 없는데 허리가 잘록해야 한다니… 지금으로선 상상할 수 없는 멍청한 생각인 걸 나도 안다.

페미니즘 담론이 활발해지면서 최근 우리 사회에는 '탈(脫)코르셋'이란 말이 등장했다. 그 시대의 코르셋과 같이 사회가 여성에게 강요하는 부조리한 미의식으로부터의 탈피를 추구하는 탈코르셋은 하나의 거대한 사회운동이 됐다. 나는 탈코르셋과 함께 등장한 '투명 코르셋'이란 단어를 들었을 때 뒤통수를 한대 맞은 느낌이었다. 내 허리에 있던 보이지 않는 코르셋 때문이다. 보이지는 않지만 잘록한 허리를 강요하는 미의식으로 인해 다이어트라는 코르셋을 착용하고 있었다. 다이어트는 나에게 코르셋이었다.

여성인권운동이 확대되며 탈코르셋을 하고자 하는 여성들이 많아지고 온라인에서는 '탈코르셋 매뉴얼' 유의 게시글들이 등장하기 시작했다. 그러나 탈코르셋을 하는 방법이 정해져 있다고 생각하지 않는다. 내가 생각하기에 탈코르셋에서 중요한 건 '코르셋'이 아니라 '탈'이다. 스스로를 압박하는 어떤 요소에서 벗어나기 위해 하는 작은 행동 모두가 각자의 탈코르셋 방법이 될 수 있다. 아이라인을 평소보다 가늘게 그리는 것, 늘 신던 킬힐을 벗고 조금 낮은 하이힐을 신는 것, 그런 행동으로 인해 본인이 해방감을 느낀다면 그게 바로 탈코르셋일 것이다. 탈코르셋의 결과는 외면으로 보이는 것보다 내면에서 느껴지는 것이 더 중요하다.

마르고 싶어서 스스로에게 다이어트라는 코르셋을 입혔던 나는 결국 인간으로서의 권리를 스스로 박탈한 꼴이었다. 권리를 되찾아야 한다고 생각하면서도 지금껏 너무 오래 기울어져 있던 탓에 그 권리가 무엇인지조차 제대로 알 수 없게 되어버렸다. 이제 외형은 그리 중요하지 않다고 생각하면서도 여전히 뚱뚱해지기 싫다는 것 또한 부정할 수 없다. 나는 지금의 내 문제를 풀기 위해 더 많이 고민하고 더 많이 노력할 것이다.

그렇다면 2021년 현재의 비너스는 어떤 모습일까? 머릿속에 여러 이미지들이 스쳐갔지만 이내 모두 사라졌다. 내가 꿈꾸던 수많은 미의 여신은 이제 필요 없다. 정해진 틀 안에 스스로를 맞춰야 할 필요가 없고, 시대가 원하는 아름다움에 부합해야 할 필요도 없다는 걸 알게 됐다. 나처럼 과거의 허상을 좇는 과오를 범하지 말기를. 우리는 존재 자체만으로 마땅히 아름다우니까.

'개말라'여야 해

"배고파"라는 말을 입에 달고 다니던 회사 동기가 있었다. 그저 먹을 것을 정말 좋아하나보다 정도로 생각했다. 그녀는 시종일관 맛집 아니면 새로 나온 과자 이야기를 했다. 이상하다고 느낀 것은 그녀와 함께 점심을 먹게 됐을 때였다. 회사 근처의 이탈리안 레스토랑에서 메뉴를 고르고 음식이 나오기 전까지 그녀는 앞으로 나올 음식에 대해, 이 음식점의 다른 메뉴에 대해 쉬지 않고 이야기했다. 그런데 막상 음식이 나오고 나서 그녀가 먹은 건 스파게티 면 열가닥 정도가 전부였다. 그녀는 일행이 음식을 다 먹을 때까지 끊임없이 포크로 음식을 휘저었다.

먹을 것을 좋아하는 그녀가 음식을 휘젓기만 했던 이유를 알게 된 것은 얼마 후였다. 뒤늦게 영국 드라마 「스킨스」를 보게 됐고, 극 중 거식증을 앓는 캐시가 상대역 시드에게 자신의 먹는 법을 알려주는 장면이 나왔다. 아무것도 먹지 않는 걸 부모님에게 어떻게 숨길 수 있느냐는 시드의 질문에 캐시는 "너에게만 보여줄게"라며 "말을 엄청 많이 해야 돼. 음식을 아주 작게 자르면서 계속 말하는 거야. 그러고 나서 질문을 하는 거야. 네 학생증 어딨어?" 학생증의 행방을 골똘히 생각하는 시드에게 캐시는 다시 말한다. "주제를 바꿔. 이거 너무 맛있다. 나 이 소시지 엄청 좋아해. 너도 한번 먹어봐"라며 캐시는 시드의 접시에 자신의 소시지 하나를 옮긴다. 비슷한 패턴의 말과 행동을 연달아 보인 캐시는 이내 시계를 보고선 이만 가봐야겠다며 먹던(실은 하나도 먹지 않은) 접시를 치운다.

회사 동료에 대한 의문이 풀렸다. 그녀는 캐시였다. 정확히는 캐시의 노하우를 따라 한 캐시 추종자였다. 그녀가 "배고파" 다음으로 많이 한 말은 "살쪘어"였다. 그로부터 몇년이 지난 후 SNS를 떠돌다 그녀가 떠올랐다. 살을 빼기 위해 자극을 주고받길 원하는 프로아나족의 글을 봤을 때였다.

외모 강박 코르셋 심해요. 저랑 같이 조이실 친구 구합니다. 맘 잡아요. 참고로 학생입니다.

외모 강박 심함. 친해져요.

스스로에 대한 외모 강박 심해요. 같이 조여서 말라 죽자.

#프로아나 #개말라 #뼈말라

무슨 말인가 싶었다. SNS에 '프로아나'를 검색하면 나오는 글들이다. 심한 요요현상을 겪고 다시 살을 빼기 위해 혹은 저체중을 지향하며 자신이 설정한 목표 체중에 도달하기 위해 자극을 받길 원하는 이들이 쓴 것이었다. 많은 이가 게시글에 자신을 학생이라고 소개했다. 이들의 커뮤니티에서는 외모 강박증이 하나의 성향이자 취향으로 취급받았다. 이들은 자신과 함께할 친구를 구했다. 코르셋을 조이는 일에 함께할 친구, 뼈만 남을 때까지 살을 빼는 데 서로 자극을 줄 친구. 함께 살을 뺄 친구를 구하는 글과 함께 인기 걸 그룹 멤버의 사진과 모델 사진이 올라왔다. 뼈가 훤히 드러나 보일 정도로 마른 여자들 말이다. 탈코르셋 운동이 일어나고 내면의 힘을 기르자는 에세이가 서점의 매대를 채우는 '요즘 세상'의 한켠에는 스스로의 외모 강박증을 자랑하며 코르셋을 조이기 위해 연대를 맺는 이들이 존재한다. 이들은 왜 이렇게나 마르길 원할까?

　스마트폰의 카메라 앱을 실행한다. 좋아하는 필터를 설
정한다. 사진을 찍는다. 마음에 드는 사진 한장을 건지기 위
해서 50장 정도는 찍어야 한다. 최종 선택된 사진을 사진보
정 앱으로 불러온다. 고치고 싶은 부분을 수정한다. 다리 길
이를 늘이고 몸매를 가늘게 만든다. 허리는 그보다 조금 더
줄이고 울퉁불퉁한 팔뚝 라인도 매끄럽게 정리한다. 완벽한
몸매를 만들었다. SNS 앱을 켠다. 방금 수정한 사진을 불러
온다. 색감을 조절하고 선명도도 높여준다. 짧은 멘트와 함
께 사진을 업로드한다. '다이어트는 언제 하지? 너무 돼지
같아.' SNS를 끈다. 스마트폰에서 눈을 떼니 나의 겹쳐진 뱃
살과 허벅지가 보인다. 스스로에 대한 혐오감이 밀려온다.
사진 속 인물이 되고 싶다. 내가 선망하는 대상이 내가 된다.
SNS 속의 나.

　사진 촬영 후 과도한 리터치가 문제가 되면서 광고나 화
보 촬영 시 리터치 금지를 계약 조건으로 내거는 배우들이
늘고 있다고 한다. 이들은 사진 속 자신의 모습은 진실이 아
니며 자신이 영향력을 미치는 대중에게 왜곡되지 않은, 있
는 그대로의 모습을 보여주고 싶다고 호소했다. 영향력 있

는 배우, 가수들의 이러한 목소리 덕분에 사회도 변할 수 있겠다고 생각했다. 그러나 이런 영향력은 배우나 가수 등 연예인만의 특권이 아니게 됐다. 애플이 스마트폰을 출시한 지 10년 남짓 되는 시간 동안 SNS는 진화했고, 모두가 '인플루언서'가 될 수 있는 시대가 도래한 것이다.

자신의 영향력을 즐기는 이들은 그 파급력에 대한 고민 없이 이를 즐길 거리 혹은 돈벌이 수단으로 이용한다. 얼마나 간단한가. 사진 한장으로 이렇게나 큰 관심을 받을 수 있다니. 포토샵을 배우지 않아도 손가락 하나만으로 얼마든지 보정이 가능하다. 사진보정 앱이 어찌나 똑똑한지 알아서 콧볼을 줄이고 입꼬리를 살짝 올려주기도 한다. 이렇게 디테일한 보정이라니. 이것저것 하나씩 보정하다보면 사진 속 인물은 더이상 나라고 말할 수 없는, 그렇지만 나라고 믿고 싶은 존재가 된다.

어떤 이들에게는 장난이고 재미겠지만 어떤 이들에게 이런 사진들은 왜곡된 자극으로 작동한다. 특히 SNS에 친숙하고 외모에 관심이 많으며 판단 능력이 미성숙한 10대에서 20대 초반 여성들 사이에서 그런 현상이 빈번히 일어나는 것 같다. 각종 미디어와 SNS를 통해 접한 마른 아이돌과 모델을 선망하며 자신의 모습도 그러하길 바라는 어린 학생들이 외친다. '개말라여야 해!' 이들은 자신의 외모 강박증도 쿨하게 받아들인다. 문제는 이 어린 친구들의 증상을 부모들은 잘 알기 어렵다는 것이다. 그러는 사이 이들은 SNS를 통해 어떻게 토하면 되는지, 어떤 순서로 식사해야 토하기 편한지 등의 정보를 주고받는다.

'개말라'가 되고 싶은 사람들은 자신의 문제를 알지만 개선하고 싶은 의지가 없을 수 있으며, 영악하게 주변인들을 속일 수도 있다. '아이들에 대한 어른들의 각별한 관심이 필요합니다'만으로는 해결되지 않는다. 그래서 나는 내가 할 수 있는 일을 한다. 같은 고통을 먼저 겪어본 사람으로서 경험을 공유하는 것. 그래서 한명이라도 더 그 심각성을 인식하는 것. 섭식장애는 쉽게 낫지 않는다. 부모와 사회가 더 관심을 가져야 하고 환자가 스스로를 포기하지 않아야 한다.

4장 / 내 안에서 자란 원망과 아픔

엄마의 최선

상담치료에서 담당의가 나에게 물었던 것은 바로 '나 자신'에 대한 것이었다. 나는 내가 폭식증에 걸린 이유를 잘 알고 있다고 생각했다. 외모지상주의 사회의 부작용, 그리고 극단적으로 마른 몸매를 추구하는 패션계를 엿본 결과. 그러나 상담을 하며 담당의는 그러한 내 주변의 환경보다는 나에 대해 물었다. 그리고 그 질문은 점점 과거로 향했다.

섭식장애의 원인은 어린 시절의 경험이나 부모와의 관계에서 기인하는 경우가 많다고 한다. 나는 믿지 않았다. 나는 평범했고 우리 가족은 문제가 없다고 생각했기 때문이다. 그러나 상담을 하며 곱씹어본 나의 과거에서 내가 알지 못했던 많은 기억의 조각을 발견할 수 있었다.

　폭식증 치료를 위해 정신과 상담을 진행하면서 나는 짧다면 짧고 길다면 긴 나의 인생 전체를 돌아봤다. 그 시간들이 쌓여 지금의 내가 됐기 때문이다. 기억의 서랍 안에 넣어놓고 잊었던 많은 장면들을 하나하나 다시 꺼내 봤고, 그것들에 대해 상담 선생님과 이야기를 나누며 나를 더 알고 이해하게 됐다. '실제 나'와 '내가 되고 싶은 나'를 구별할 수 있게 됐고, 그간 후자가 전자를 얼마나 괴롭혀왔는지도 알게 됐다. 나는 나의 과거를 글로 쓰면서 때로는 울고 때로는 원망하고 때로는 위로받았다.

　섭식장애, 즉 정신과 치료가 필요한 병을 앓는다고 하면 어린 시절 큰일을 겪은 트라우마가 있거나 불우한 가정환경 때문이라고 생각하기 쉽다. 나의 경험들이 사실 그렇게 특별하지 않을지도 모른다. 누구나 겪는 통과의례일 수도 있다. 하지만 같은 높이에서 떨어뜨린 공이라도 축구공과 테니스공은 반응이 다르다. 타인이 별일 아니라고 생각하는 경험이 누군가에게는 크나큰 각인이 될 수도 있다. 사소하기에 스스로도 인지하지 못할 정도로. 사람은 다양하고 어떤 일을 받아들이고 내면화하는 방법도 제각각이다. 내가 나의 이야기를 솔직히 털어놓는 이유는 우선 나의 '내면의 어린아이'에게 용서와 위로를 건네기 위해서다. 이를 위해 가장 먼저 해야 할 일은 내 상처가 무엇이었는지 발견하는 것이다. 나의 이야기가 나와 같은 '내면의 어린아이'를 가진 사람들에게도 위로가 됐으면 한다.

나는 체벌이 용인되던 시대에 어린 시절을 보냈다. 야만의 시대였다. 정부는 국민을, 선생은 학생을, 그리고 부모는 자식을 때렸다. 나는 계속 맞았다. 그게 왼손인지도 모른 채 왼손으로 밥을 먹었을 때, 유치원에서 옆자리 친구와 떠들었을 때, 초등학교에 입학해 받아쓰기 시험을 잘 못 봤을 때, 숙제를 안 했을 때, 일기를 안 썼을 때, 친구와 싸웠을 때, 이해되지 않는 요구에 불응했을 때, 학원에 빠졌을 때, 답하고 싶지 않은 물음에 답하지 않았을 때도 나는 맞는 것으로 벌을 받았다.

선생들은 자신에게 꼭 맞는 매를 들고 다녔다. 당구 큐, 50센티미터 자, 어디서 구했는지 모를 안테나 등등. 어떤 매는 둔탁하고 깊은 통증을 유발했고, 어떤 매는 강렬하고 매서웠다. 정 안 될 때는 딱딱한 실내화를 신은 발이 그대로 정강이로 향했다. 화를 주체하지 못한 상태여서 매를 들어야 한다는 판단조차 하지 못한 채 그대로 발이 먼저 나가버리는 거다. 이럴 땐 더 아프고 당황스럽다.

선생에게 정강이를 발로 차인 날, 소식을 듣고 아빠가 학교로 달려왔다. 아빠는 식빵을 손에 든 채였고, 나는 울며 말했다. "가정 시간 준비물로 끅, 식빵 안 가져와서 끅, 아빠한테 전화했는데 끅, 선생님이 때렸어 끅." 선생이 말했다. "저는 남자애들한테 연락하는 줄 알고, 누구한테 전화했는지 몇번을 물어도 대답을 안 하더라고요." 내가 왜 대답을 안 했느냐고? 나는 선생의 질문 의도를 파악하지도 못해 내가 뭘 잘못했는지, 뭐라고 대답해야 할지 몰랐다. 내가 쉬는 시간에 아빠에게 전화하는 걸 왜 선생에게 일일이 보고해야 하지 하는 약간의 반항심도 있었던 것 같다. 선생의 말에 아빠는 어이없어하는 듯했지만 알겠다고 말하고는 다시 가게로 돌아갔다. 그래서 선생이 나에게 오해했다며 미안하다고 사과했을까? 당연히 그럴 리가 없었다. 억울하게 맞은 자식의 일에 아빠가 조금의 화도 내지 않을 정도로 그때는 선생이 학생을 때리는 것이 이유 불문 통용되던 시대였다.

부모가 자식을 때리는 일도 마찬가지였다. 모든 부모가 그렇진 않았겠지만 나의 부모는 그랬다. 엄마와 아빠는 가게 때문에 항상 바빴고 몸은 고됐으며 길러야 하는 자식은 많았다. 자식을 훈육하는 가장 손쉽고 효과적인 방법은 체벌이었다.

초등학교 2학년 때, 나는 엄마 몰래 가게 카운터 금고에서 만원을 훔쳤다. 그 시절 엄마가 주는 용돈은 항상 부족했고 금고는 가까이에 있었다. 엄마는 배달을 나가거나 약속이 있을 때 종종 가게를 언니나 나에게 맡겼다. 그날도 그런 날이었다. 가게에는 엄마가 없었고 손님이 오지 않았다.

나는 무엇에 홀린 듯이 금고를 열었다. 땡 하는 금속음과 함께 눈앞에 만원짜리 몇장과 거스름돈으로 준비해둔 수십장의 천원짜리가 나타났다. 엄마 대신 가게를 볼 때마다 몇번이고 봤던 금고 안의 모습이었지만 그날은 느낌이 달랐다. 나는 금고에서 천원짜리 몇장을 훔쳤다. 죄책감과 동시에 정체를 알 수 없는 희열이 감돌았다. 다음 날 친구들과 떡볶이를 사 먹었다. 물론 돈은 내가 냈다. 나는 기세등등해졌고 친구들은 나에게 다정해졌다. 처음 겪어보는 '돈맛'이었다. 그 이후로 훔치는 금액이 조금씩 커졌고 나는 학교 앞 문방구의 큰손이 됐다. 돈 쓰기는 정말 기분 좋은 일이었다. 그러나 꼬리가 길면 밟히는 법. 엄마는 곧 내 범죄를 알아챘다.

엄마가 금고 속 돈을 일부러 채워 넣고 자리를 비운 그날도 나는 금고에 손을 댔다. 3만원 중에 만원이 빠지면 엄마가 알아채리라는 것을 내심 알면서도 그 돈이 너무 갖고 싶었다. 그리고 엄마가 돌아와 금고를 확인한 후 나는 엄마에게 몇 시간 동안 맞았다. 세탁소 옷걸이는 내 등에 닿을 때마다 구부러졌고 옷걸이가 지나간 등에 시뻘건 줄이 생겼다. 한참 동안 날 때린 엄마는 내 옆에서 같이 울었다. 태어나서 처음으로 엄마가 우는 걸 봤다. 나는 그날 이불을 뒤집어쓰고 밤새 울었다. 그리고 다시는 금고에 손대지 않았다. 맞은 게 아프기도 하고 엄마가 우는 게 충격이기도 했다. 엄마도 우는 사람이었다니.

내가 맞은 것은 당연한 일이었다. '맞을 짓을 했다'라는 말이 딱이다. 금고에서 돈을 훔치는 버릇을 고쳤으니 엄마로서도 효과적인 체벌이었다.

다음 날 아침 등굣길에 여느 때처럼 친구 집에 들렀다. 항상 함께 등교하는 친구였다. 친구의 엄마는 퉁퉁 부은 내 얼굴을 보더니 무슨 일이 있느냐고 물었고 그 말을 듣는 순간 나는 울음이 터져버리고 말았다. 등을 물들인 체벌의 흔적을 본 친구의 엄마는 놀라면서도 "엄마도 힘들어서 그랬을 거야"라고 다정하게 말했다. 친구 엄마의 마음이 무색하게 내 안에서는 다른 생각이 피어났다. '힘들면 때려도 돼요?' 친구의 엄마는 절대 자신의 아이를 때리지 않을 것 같았다.

"네가 그런 행동을 한 이유가 있을 거야. 왜 그랬는지 말해줄 수 있겠니?"

나는 엄마에게 이 말이 듣고 싶었다. 친구 엄마의 다정한 말 한마디에 나는 이 아줌마가 우리 엄마면 좋겠다고 생각했다. 그러면 자기 자식의 잘못 앞에서 매부터 들기보다 대화를 먼저 할 것이라 생각했다.

초등학교 고학년이 되고 나서는 학교 선생들과 항상 불화가 있었다. 학생들의 잘못을 모두 체벌 수위로 등급화해서 훈육하는 그들이 싫었다. 떠들다 걸리면 두대, 숙제를 안 하면 세대, 그리고 시험에서 틀린 개수만큼. 어느 순간 어쩌면 이건 훈육이 아니라 저 사람의 스트레스 해소법일 수도 있겠다는 생각이 들었다. 나의 담임들은 손바닥과 발바닥, 엉덩이는 물론 머리를 때리고 뺨도 때렸다. 그리고 폭력에서 나는 그들의 감정을 느꼈다. 대체로 '네가 감히 나에게 대들어'였다. 자신과 다른 의견을 말하는 것을 말대꾸라 여기는 선생들에게 결코 굴하고 싶지 않았고 그래서 나는 학교를 다니면서도 많이 맞았다. 폭력이 싫었다. 모든 문제를 폭력으로 해결하려는 자들과 폭력에 폭력으로 대응하는 자들, 그리고 자신이 행하는 것이 폭력인지도 모르는 자들. 그 모든 것을 혐오하게 됐다.

섭식장애 가족상담에서 엄마는 나에 대해 이렇게 말했다.

"둘째는 개성이 강하고 성격이 세서 어릴 때부터 이걸 누르려고 용돈도 적게 주고 내가 많이 때리기도 했어요. 커서 사람들 사이에서 적응 못할까봐요. 그래서인지 애가 사춘기가 없었어요. 중고등학교 다니면서 사고를 친 적도, 속을 썩인 적도 없어요. 정말 말 잘 듣는 아이였어요."

머릿속에 수많은 물음들이 떠올랐다.

'도둑질은 나쁜 짓이라 맞았던 거잖아? 내가 혹시 커서 도둑이 되어버릴까봐 걱정해서 때린 거잖아? 아니었어, 엄마?'

그 이야기를 듣는 순간, 나는 엄마에 의해 이렇게 키워졌다는 것을 깨달았다. 양손잡이가 된 것, 사람들 눈치를 보게 된 것, 천원 한장 쓰는 일에도 벌벌 떨게 된 것, 내 생각을 말하기보다는 주어진 현실에 순응하게 된 것, 아빠를 싫어하게 된 것, 살이 찐 것, 섭식장애에 걸린 것까지. 이 모든 것이 어떻게 보면 엄마의 엄격한 훈육 방식의 결과가 아니었을까? 성인이 되어서도 나는 (부모가 보기에) '나쁜' 짓이라고 할 만한 일들을 할 때면 엄마가 생각났다. '이런 일을 하면 엄마가 속상해할 거야'가 아니다. '걸리면 엄마한테 맞을지도 몰라.'

성인이 된 후에도 이따금 엄마에게 맞았던 날들의 아픔이 떠올랐다. 글자 그대로 맞았던 등의 아픔 말이다. 어릴 땐 당연하게 생각됐던 그 체벌이 어른이 되어서는 꼭 그 방법밖에 없었을까 하는 의문으로 다가왔다. 그리고 그 의문은 시간이 흐를수록 더 강해졌다. 폭력이 아닌 다른 많은 문제 해결 방법을 알게 되면서 엄마에 대한 원망이 커졌다. 왜 엄마는 때리기 전에 나에게 '왜 그랬니?'라고 묻지 않았을까. 엄마가 원망스러웠다.

그렇지만 나의 원망은 이제 바람 빠진 풍선처럼 힘없이 어딘가로 날아가버리고 더이상 남아 있지 않다. 엄마가 최선을 다해서 자식을 키웠다는 것을 알기 때문이다. 다만 엄마의 최선이 나에게도 최선은 아니었다. 그래서 내가 한때 남의 집 딸이 되고 싶어했던 것, 엄마를 원망하는 것 모두 실은 엄마에게는 비밀이다. 갈 곳을 잃은 원망이 어딘가에 쌓이고 쌓일 뿐이다.

아빠의 권위

아빠가 울었다. 열두살 때의 일이다. 그때 우리 집은 벽 하나를 가운데 두고 가정집으로 사용하는 주거 공간과 빵을 만드는 제빵 공장으로 나뉘어 있었다. 하루는 아빠가 두 공간의 문간에 앉아 있었다. 평소와 같이 학원을 마치고 집에 돌아가던 참이었다. 그리고 아빠는 여느 때처럼 술에 취해 있었다. 술 취한 아빠가 싫어 못 본 척 옆으로 지나치려는 찰나 아빠가 나를 붙잡았다. 놀란 마음에 뿌리치려는데 어둠 속에서 아빠의 어깨가 들썩였다. 아빠가 울고 있었다. 고개를 푹 숙인 아빠는 한참을 말없이 내 손을 잡고 울었다. 태어나서 처음 보는 아빠의 눈물이었다. 아빠는 왜 울었을까? 나는 지금도 그 이유를 모른다.

자식을 키우는 부모에게는 때로 권위가 필요하다. 그러나 아빠는 권위적인 사람이 아니다. 아빠는 섬세하고 감성적이며 외로운 사람이었다. 아빠는 '아빠'가 어울리는 사람이 아니었다. 팔자에 역마살이라도 꼈는지 자식 둘을 낳은 후에도 이따금 집을 나가 2~3개월 소식이 끊기기도 했다. 엄마는 자식을 낳으면 아빠가 달라지리라 기대했다고 한다. 마치 선녀와 나무꾼처럼. 우리 집의 경우 아빠가 선녀였다는 다른 설정이었지만. 집을 나갔다가 돌아올 때 아빠는 선물 꾸러미를 들고 왔다. 그날은 예쁜 새 원피스를 갖게 되는 날이었다. 아빠의 가출은 어렸던 나에게 곧 새 원피스가 생긴다는 의미였다.

아빠는 자식에게 사랑만 주는 사람이었다. 마치 집에 들인 강아지를 예뻐하듯 했다는 게 더 정확할 것 같다. 밥을 주고 산책을 시키고 변을 치우는 것은 모두 엄마의 몫이었다. 그러나 귀여운 강아지도 말을 잘 들을 때나 귀여운 법이다. 주인을 물고 짖으며 공격하기 시작하면 귀여운 강아지는 골칫거리로 변한다.

자식들의 사춘기가 시작되면서 우리는 아빠의 골칫거리가 됐다. 읽지 말라는 책을 읽고 보지 말라는 영화를 봤다.

가지 말라는 곳에 가고 사귀지 말라는 친구를 사귀었다. 말하라고 할 때 말하지 않았고 말하지 말라고 할 때 말했다. 그렇게 아빠와 자식 간의 거리가 멀어지고 대화가 사라졌다. 대화의 단절은 오해를 부르고 미움을 키운다. 그리고 말로 해서 안 되는 상황에서 대한민국의 많은 아빠들은 매를 든다. 그렇게 아빠는 매를 들었다. 아니 정확히는 동생의 스카이콩콩을 들었다. 언니를 향해.

  내가 태어난 이래로 언니는 항상 착한 맏이였고 나는 사고뭉치 둘째였다. 나에게는 부모님 말을 잘 듣는 언니가 자연스러운 존재였다. 엄마는 입버릇처럼 이야기했다. 언니처럼 행동하라고. 그런 언니가 중학교에 입학하더니 변했다. 귀가하는 시간이 늦어지고 종종 연락이 두절된 채 사라졌다. 바쁜 엄마와 아빠를 대신해 나의 보호자 역할을 하던 언니가 나를 귀찮아하기 시작했다. 나를 떼어놓기 위해 궁리했다. 자식을 끔찍이 생각하던 엄마는 혹시라도 언니가 잘못된 길로 빠질까봐 배달용 오토바이를 타고 언니를 찾아온 동네를 누볐다. 언니는 엄마에게 수시로 잡혀 들어왔다. 그러던 어느날부터 언니의 외출이 잦아들었다. 어울리던 친구들과도 소홀해졌다. 엄마는 안도했다. 그렇지만 나는 알고 있었다. 언니의 행동은 변했지만 마음이 변한 것은 아님을. 그리고 나는 또 알고 있었다. 언니는 담배를 피우고 있었다. 더 큰 문제는 엄마가 이 문제를 해결하기 전에 아빠가 먼저 알아버렸다는 것이다.

어느 초저녁이었다. 집에는 나 혼자 있었다. 별안간 아빠의 목소리가 들렸고 이어 처음 듣는 비명이 따랐다. 나는 그대로 얼어붙었다. 비명은 언니의 것이었고 언니는 아빠에게 맞고 있었다. 말려야 할 것 같아 문밖으로 나가봤지만 스카이콩콩을 휘두르는 아빠는 내가 말릴 수 있는 상태가 아니었다. 나는 방문을 걸어 잠그고 그 시간이 지나가기만을 기다렸다. 아빠의 고함과 언니의 비명을 들으면서. 그날 이후로 다시는 언니가 맞는 것을 보지 못했다. 아빠가 자식을 때리는 것도 보지 못했다. 언니는 현실과 적당히 타협하는 듯 보였다. 그즈음부터 아빠는 늘 둥이 셋째만 예뻐했다.

나는 아빠와 대화하지 않게 됐다. 그리고 사고뭉치에서 착한 딸이 됐다. 언니를 대신해 내가 모범적이고 공부도 잘하는 딸이 되겠다고 결심했다. 언니를 따라다니는 것을 그만두었다. 이따금 언니의 비명이 귀에서 울렸다.

아빠의 폭력은, 이것만은 가장인 내가 직접 나서야 한다는 서툰 권위의식에서 비롯됐을 것이다. 그 방법 나름 효과가 있었지만 부작용도 따랐다. 아빠의 폭력을 목격한 나는 내가 그 폭력의 타깃이 될까봐 두려웠다. 그렇게 착한 아이가 됐다. 그리고 성인이 된 후에도 오랫동안 착한 아이로 지냈다. 성장하지 못한 채 말이다.

정신과 치료 중 담당의는 나의 섭식장애 상당 부분이 아버지와의 불화로 인한 것 같다고 진단했다. 상담을 하며 아빠에 대한 이야기를 많이 했다. 중학생이 되고서 아빠와 제대로 대화를 한 적이 없었다. 대학교에 진학해서도 아빠와는 말 한마디 안 하는 관계가 이어졌다. 모든 소식은 엄마를 통해서 서로에게 전해졌다.

묵묵히 학교 공부를 해나가는 언니와 달리 나는 어려서부터 하고 싶은 것이 많았다. 엄마가 무언가를 시키기 전에 내가 먼저 엄마에게 '엄마 나 이거 하고 싶어!'라고 요구하는 경우가 대부분이었다. 초등학생 때는 무용을 배웠고, 중학생 때는 예술고등학교에 가기 위해 최선의 노력을 했다. 고등학생 때는 의상디자인과에 가려고 미술학원을 다녔다. 엄마는 그런 나에게 '욕심'이 많다고 했다. 엄마가 누구와 나를 비교했는지는 알 수 없는 일이다.

보통 지역 내 고등학교를 가던 친구들과 달리 나는 수도권 근교의 예술고등학교에 가고 싶었다. 예술고등학교에 가기 위해 몇개월을 준비했지만 보기 좋게 실기에서 떨어졌다. 아빠 입장에서는 다행이었다. 만약 수도권 근교로 고등학교를 가게 되면 자취를 해야 하고, 학비에 자취 비용까지 예상치 못한 돈이 들어가기 때문이다.

대학교를 갈 때도 지역의 전문대학을 가는 친구들과 달리 나는 수도권의 4년제 사립대학을 가고자 했다. 입시 준비에 적지 않은 학원비가 들어갔다. 그리고 이번에는 대학교 입시에 덜컥 통과해버렸다. 내가 나의 일생의 운을 여기에 다 써버린 건 아닌지 걱정스러워할 때 아빠는 학비를 걱정했다. 입학을 얼마 앞둔 어느날 아빠는 나에게 왜 꼭 4년제 대학을 가야 하느냐며, 대학을 안 가면 안 되느냐고 술에 취해 물었다. 그때 근근이 유지되던 아빠와의 관계가 무너져내렸다. 나는 열심히 공부해서 좋은 대학에 가는 것이 효도라고 생각하는 대한민국의 평범한 입시생이었고, 이를 위해 몇년 동안 열심히 공부하고 열심히 학원에 다녔다. 그런 내 노력이 아빠에게는 짐이었던 모양이다. 아빠에게 나는 그저 많은 돈이 들어가는 지출항목 중 하나일 뿐이었다. 나의 존재가 아빠에게 골칫거리라는 의심은 확신이 됐다.

나는 엄마에게도 아빠에게도 충분한 사랑을 받지 못한다고 느꼈다. 내 세상의 전부이자 가장 가까운 사람들에게서 이런 감정을 느꼈으니 정서가 안정될 리가 없었다. 상처들이 아물지 못하고 계속 쌓여갔다. 영화 「투 더 본」에서 주인공 앨런이 거식증에 걸린 이유는 다름 아닌 부모의 이혼으로 인한, 엄마의 빈자리에서 비롯된 애정 결핍이었다. 떨어져 살던 엄마와 함께 지내며 앨런의 거식증은 점차 나아진다. 드라마 「스킨스」의 주인공 레이가 이상행동과 섭식장애를 갖게 된 이유는 자신을 떠난 아빠에게서 받은 상처 때문이었다. 그렇다면 나의 폭식증은 과연 아빠 때문일까? 엄마 때문일까?

나를 망가뜨릴 거야

열세살 여름방학, 나는 가출을 시도했다. 엄마와 싸웠던 날이었다. 밤을 꼬박 새우고 새벽녘 다이어리에 '잠시 여행 다녀올게요'라고 적어놓고선 그대로 서울행 버스에 몸을 실었다. 당시 나는 서울을 동경하고 있었다.

어렸던 나에게 시골에 사는 것은 마치 섬에 갇힌 것과 같았다. 이곳에서 탈출하고 싶었다. 여행을 좋아하는 부모님과 서울에 사는 친척들 덕에 초등학교에 입학하기 전부터 1년에 두어번씩은 서울에 놀러 갔다. 그때 본 서울은 시골과 달리 모든 것이 있고, 진짜가 있는 곳처럼 느껴졌다. 서울에 놀러 오는 시골 사람들은 좋은 곳을 찾아가기 마련이고 그때 갔었던 유원지나 63빌딩은 나에게 서울에 대한 환상을 심어주는 데 한몫했다.

그 또래 아이들이 다 그렇듯 아이돌 가수를 좋아하게 되면서 '가수가 돼서 내가 선망하는 그들과 같은 무대에 서고 동등한 위치에서 그들을 마주하리라'라는 거창하고 낯 뜨거운 꿈을 꾸었다. 아이돌 가수가 되기 위해서는 서울에 있는 기획사에 오디션을 보러 가야만 했다. 이런 망상에 가까운 생각에 빠져 나의 서울병은 점점 심해졌고 서울로 전학 보내달라는 바람이 또 한번 좌절되자 급기야 가출을 하기에 이른 것이다.

나의 가출은 집을 떠난 지 12시간이 채 안 되어 울며불며 엄마에게 전화한 것으로 막을 내렸다. 지금은 친척들이 모일 때면 가끔 이야기하는 에피소드 정도가 됐지만 사실 열세살의 어린아이가 만원짜리 몇장을 들고 혼자 서울 도심을 방황하는 것은 위험하기 짝이 없는 짓이다. 그리고 나는 내가 한 행동이 어떤 것인지 알고 있었다. 나 스스로를 위험한 상황에 빠뜨려 부모님에게 상처를 주고자 했던 자해 행위라는 것을 말이다.

어린 시절부터 나는 잘 다쳤다. 그리고 나쁜 짓도 했다. 그런 나로 인해 엄마가 상처받는 것을 봤다. 이런 행동이 점점 잘못된 방향을 향했다. 떼를 써도 해결되지 않는 일이 생길 때는 분에 못 이겨 스스로를 위험한 상황에 빠뜨렸다. 자식을 끔찍이 아끼는 엄마, 상처 입은 자식으로 인해 속상해할 엄마에게 하는 일종의 복수였던 것이다.

섭식장애가 발병한 후 1년 정도는 주로 화가 날 때 폭식을 했다. 습관적인 것이라 여겼지만 지금 생각해보면 나는 대체로 화가 나 있었다. 습관적 섭식장애를 앓고 있는 상태에서 어떠한 갈등 상황에 놓이게 되면 증상이 심해졌던 것이다. 갈등의 원인은 주로 가족이었다. 그때는 함께 살고 있던 언니가 그 대상이었다. 섭식장애를 앓고 있는 환자의 가족이 대부분 그러하듯, 환자의 증상을 이해하지 못하고 이상행동을 보며 그저 경악해하거나 다그치기 마련이다. 대체 왜 그러느냐고. 언니도 그랬다. 나에게 대놓고 왈가왈부하지는 않았지만 언니가 그런 나를 탐탁지 않아한다는 것은 알 수 있었다. 스스로도 제어할 수 없는 식욕이 일어나 폭식을 해버릴 때, 그 순간 언니의 불편한 심기가 느껴지면 폭식 증상은 더 심해졌다. 언니의 불편한 시선이 나에 대한 걱정에서 비롯된 것임을 알기에 나는 스스로를 더욱 상처 주는 것으로 화를 표현했다. 일종의 자해 행위이기도 하다. 섭식장애가 얼마나 나의 정신과 육체를 갉아먹는 것인지 알고 있음에도 그런 행동을 지속했으니 말이다. 망가질 거라고, 당신들의 소중한 자식이자 동생인 나를 망가뜨려버릴 거라고 속으로 소리쳤다.

고등학교를 배경으로 왕따 문제를 다룬 일본 만화 『라이프』(스에노부 케이코 지음, 북박스 2005~2009)의 여주인공 시이바 아유무는 고등학교 입시를 준비하며 자신을 도와주었던 친한 친구와의 불화로 인해 리스트컷증후군에 빠진다. 리스트컷증후군은 극심한 스트레스를 겪고 있는 사람이 이를 해소하기 위해 자해 행위를 반복하는 정신질환을 말한다. 신체를 훼손하면서 느끼는 고통을 통해 살아 있음을 확인하는 것이다. 만화 속 아유무가 커터 칼로 자신의 손목을 스스로 긋는 장면은 순정만화 그림체와는 전혀 어울리지 않을 정도로 공포스럽다. 동시에 믿었던 존재에게 배신당했다는 좌절감과 정신적 압박감 등이 고스란히 느껴지기도 한다.

피어싱이나 타투를 하는 행위에서 스트레스가 해소된다고 느끼는 이들도 있다. 본인은 자각하지 못해도 이런 것 또한 리스트컷증후군의 일종이지 않을까 싶다(적어도 나는 그랬다). 폭식하고 게워내는 행위는 리스트컷증후군과는 분명 다른 형태의 감정 발현이지만 그 기저에는 자해하고 싶은 동일한 욕구가 내포되어 있다고 나는 생각한다. 찢어지는 게 아닐까 싶을 정도로 음식을 위 속에 집어 넣고 그것을 모두 힘겹게 게워내는 행위를 하며 스스로에게 고통을 줄 때 살아 있다는 감각이 생생해졌다. 섭식장애가 시작됐을 때 나의 존재감은 학교에서도, 가정에서도 희박했다. 스스로 살아 있다고 느끼고자 발버둥 쳤다. 동시에 섭식장애 증상은 내가 지금 힘들다고, 이렇게 고통스러워하고 있다고, 나를 알아주길 바라며 주변의 관심을 갈구하는 행위이기도 했다.

덜 아픈 손가락

3월 25일. 나의 호적에 기재되어 있는 생일이다. 아빠는 출생신고를 한참이나 늦게 하면서도 벌금이 아까웠던지 내가 태어난 날을 마음대로 바꿔 신고했다. 대체 내 진짜 생일은 언제냐는 반복된 추궁에 엄마는 며칠을 생각한 후 답했다.

"네 생일 기억해. 외할머니 음력 생일인 음력 2월 2일이랑 같아. 분명해."

어렸지만 엄마가 거짓말을 한다는 것을 알 수 있었다. 항상 당당하던 엄마의 목소리에서 처음으로 망설임을 감지했기 때문이다. 지금은 그 일 덕에 양자리인지 물고기자리인지 알 수 없어 별자리 운세에 의지하지 않게 됐고, 사주팔자도 볼 수 없으니 괜한 운명론에 집착하지 않게 되어 오히려 다행이라고 생각한다. 그러나 어린 마음에 내가 태어난 순간을 깡그리 까먹어버린 엄마 아빠에게 느낀 서운함은 '자식 맞아? 주워 온 거 아니야?'라는 생각만 들게 했다.

나에게는 두살 터울의 언니와 각각 일곱살, 아홉살 차이가 나는 늦둥이 동생들이 있다. 막냇동생까지 돌이 지나고 나서 보니 우리 집 벽에는 나의 돌사진만 없었다. 사진관에서 찍은 손바닥만 한 사진 한장만이 덩그러니 있을 뿐이었다. 첫째는 첫째라서, 셋째는 늦둥이라, 그리고 막내는 막내니까 하게 된 돌잔치를 둘째인 나는 그때는 형편이 어려웠다는 연유로 그냥 넘어갔다. 당시 집안 사정이 어려웠던 것은 충분히 이해하지만 그래도 서운함은 마음 한편에 쌓였다.

동생이 태어나기 전까지 나는 얌전했던 언니에 비해 그야말로 망나니 같은 막내였다. 성격도 밝고 활발해 아빠의 사랑을 독차지했다. 내가 일곱살이 되던 해 엄마는 늦둥이를 임신했고 이듬해 동생이 태어났다. 그때는 형편도 좋아졌던 상태라 동생은 가족과 동네 이웃들의 사랑을 듬뿍 받았다. 그만큼 밝고 사랑스러운 아이였다. 그러고선 엄마는 이내 막냇동생을 가졌다. 남자아이였다. 형제 중 유일하게 아들이 없던 아빠는 딸들을 사랑했지만 아들도 내심 기대했는지 막내가 태어나니 무척이나 기뻐 보였다. 막내는 할머니와 할아버지 손에서 자랐고, 무한한 애정을 받았다. 나는 부모님이 형제들 중 나를 가장 덜 사랑한다고 느꼈다. 서러움이 밀려올 때면 깨물어 안 아픈 손가락 없을 거라며 스스로를 달랬지만, 내심 '내 손가락은 덜 아픈 거 아니야?'라고 생각했다.

한국의 많은 부모들이 그렇듯 나의 부모님도 첫째는 어려워했다. 아무래도 부모는 처음이라 부족했던 점이 있었기에 미안한 마음도 있으리라. 양육자로서의 정체성이 강해진 부모님은 둘째에게 부모의 권한과 권력을 내세웠다. 경험이 있기에 더 잘할 수 있을 거란 자신감까지 더해져 좀더 엄격해진 것이다. 셋째, 특히 나이 차가 많이 나는 셋째에게는 훨씬 너그러웠다. 늦은 나이에 얻은 자식이라 귀엽기도 하고 육아에 대한 열정도 젊었을 때보다는 옅어진 상태였다. 그리고 둘째까지 별 탈 없이 키웠다면 어느 정도 선에서 부모로서 개입해야 하는지 요령이 생긴다. 그리고 늦둥이 막내, 거기다 외동아들이면 말할 것 없이 금지옥엽이다.

화목함의 기준이 무엇인지는 정확히 모르겠으나 우리 가족은 화목한 편이었다고 생각한다. 나는 둘째라서 서러웠지만 세상의 모든 둘째들이 서러운, 딱 그만큼 서러웠다. 첫째는 첫째로서의 서러움이 있을 것이고, 늦둥이 막내는 또 막내대로 애환이 있을 것이다. 머리로는 알았다. 그러나 애써 내가 모른 척하던, 마음에 쌓아두었던 부모에 대한 서운함과 서러움이 해결되지 못한 채 내 안에서 응어리지고 있던 모양이다.

어떤 둘째는 연애를 하며 그 서러움을 달래고, 어떤 둘째는 친구들과 어울리며 이를 달랜다. 나는 부모님에게 인정받고자 더욱더 노력하는 것으로 서러움을 극복하고자 했다. 어떻게든 성과를 내는 것에 목숨을 걸었다. 학교 성적과 활동, 입시까지 성공적으로 성취해나가면 부모님에게 인정받을 수 있을 거라 여겼다. 나는 더이상 망나니가 아니었다.

그럼에도 내 안에 쌓인 서러움은 나를 구겼다. 부모에게 충분히 사랑받지 못했다고 느끼는 아이들에게서 나는 특유의 구겨진 분위기가 나에게서 났다. 처음으로 취업한 회사에서 직속 상사는 무뚝뚝한 내 성격이 마음에 안 들었던지 내 앞에서 밝은 동기들에 대한 칭찬을 늘어놓았다. 가장 많이 들었던 말은 "쟤 참 밝고 싹싹해. 사랑받고 자란 애들은 달라"였다.

'사랑받고 자란 아이'라는 표현은 나를 더욱 구겼다. 눈치를 살피고 부정적인 생각이 먼저 머릿속에 떠오를 수밖에 없었다. 걱정이 많고 화가 많은 나의 성격은 '사랑받고 자란 아이'의 대척점에서 나를 '사랑받지 못한 아이'로 만들었다. '사랑받고 자란 아이'들이 가진 특유의 밝은 기운은 그 자체로 나를 또 한번 구겨뜨렸다. 부모님에 대한 원망이 늘었다. 나를 좀더 사랑해주었으면 나도 사랑받고 자란 아이들처럼 밝은 기운을 뿜어내는 사람이 될 수 있었을 텐데.

직장생활을 시작하고 몇년이 흐르며 나는 성장했다. 스스로를 책임질 정도의 경제적인 여유는 나에게 마음의 여유를 주었고, 직업적인 성장은 사회의 일원으로서의 안정감도 주었다. 더이상 누군가의 자식이 아닌 독립된 인간으로서 정체성을 갖게 됐다. 과거를 뜯어고칠 수 없기에 걱정 없이 사랑받고 자란 아이 특유의 밝음은 없을지도 모르지만 나는 꽤 괜찮은 사람이다.

사랑받고 자란 아이를 선호하는 이들은 그런 아이를 좋아하면 된다. 사실 사랑받고 자란 아이보다 사랑받지 못하고 자란 아이를 더 선호하는 이들도 있다. 사람은 같은 것을 공유함으로써 연대감을 형성하기도 한다. 알고 보면 세상에는 사랑받지 못한 아이들이 참 많다. 사랑받지 못한 아이 특유의 기질을 이용하면 때로는 인생이 좀 수월해진다. 눈치껏

행동하며 앞으로 닥칠 실패와 위험을 미리 대비하고 화가 날 땐 화를 낼 수 있다. 조금 피곤할 뿐 나쁘지 않다.

사랑받고 자란 아이의 밝음을 다르게 해석하면 눈치 없는 뻔뻔함이다. 그러나 군이 그들을 이런 식으로 폄하할 필요는 없지 않나? 내 기질이 폄하될 필요가 없듯이 말이다. 다들 자라난 환경이 달랐으니 자연스럽게 다른 사람으로 성장했을 뿐이다. 나는 사랑받고 자란 아이, 사랑받지 못하고 자란 아이를 구분하지 않기로 했다. 그냥 나는 이런 사람이다. 구겨진 것은 내가 아니고 나를 보는 사람들의 시선이다.

외모 콤플렉스에 빠지다

우울증을 앓는 많은 이들이 생을 끊고 싶은 유혹을 느낀다고 하지만 나는 심한 우울증을 겪을 때도 자살 충동이 일었던 적은 없었다. 섭식장애의 증상은 단독으로 나타나지 않고 다른 증상들을 동반하는 경우가 많다. 많은 환자들이 섭식장애와 우울증을 함께 앓고 있다. 나도 그랬다. 그러나 폭식증에 딸려온 나의 우울증은 많은 이들이 생각하는 우울증과 그 결이 조금 달랐다.

폭식증이 심해지고 우울증이 극심해질수록 삶에 대한 열망은 오히려 커졌다. 그러나 그 열망은 현재의 내가 아닌 더 나은 나, 혹은 내가 아닌 다른 존재, 다른 인생을 향해 있었다. 반짝반짝 빛나는 사람들, 아름답고 때 타지 않은 순수한 영혼을 가진 듯한 사람들, 재능이 뛰어나고 돈이 많은 사람들, 남부러울 것 없어 보이는 사람들처럼 살고 싶었다.

내가 아빠를 싫어한 이유가 또 하나 있다. 나는 아빠를 닮았다. 딸은 높은 확률로 아빠의 외모를 쏙 빼닮는 경우가 많다는데 우리 가족 또한 그렇다. 아빠를 닮은 게 뭐 그리 대수냐고 할 수도 있지만 나에게는 대수인 이유가 있다.

"제 아빠를 닮아 엄청 못난이네."

내가 처음 받은 외모 평가였다. 너무 화가 난 나는 그 아저씨의 아들에게 가서 따져 물었다. 애먼 사람에게 화풀이를 했다고 상처가 낫지는 않았다. 이번에는 분노의 화살이 아빠를 향했다. 나는 입버릇처럼 어쩜 이렇게 아빠 못생긴 부분만 다 골라서 닮을 수가 있느냐는 말을 했다. 폭식증의 원인이 아빠와의 불화 때문이라는 진단은 반은 맞고 반은 틀렸다. 단지 그것 때문만은 아니지만 아빠가 큰 부분을 차지하는 것은 지금도 맞다고 생각한다. 아빠와의 불화와 더불어 아빠를 빼닮은 외모까지.

외모에 대한 직설적인 평가는 나에게 트라우마로 남았다. 그 한번의 평가에 나는 못생긴 사람이 되어버렸다. 나는 스스로를 너무 못생긴 사람이라고 믿어버렸다. 나를 사랑할 수 없었다. 외모에 가장 예민했던 중고등학교 시절에 나를 지배했던 것은 못생긴 외모에 대한 콤플렉스뿐이었다. 그와 함께 내가 아닌 다른 사람이 되고 싶다는 욕구가 피어났다. 그리고 그 욕구는 대학교에 입학해 한 아이를 만나면서 거세졌다.

그 아이를 만난 건 대학교 1학년 봄이었다. 가는 선에 흰 피부를 가진, 경상도 사투리를 쓰는 아이였다. 그녀는 고등학생 때까지 40킬로그램이 채 되지 않는 마른 몸매 때문에 주변 사람들의 지나친 시선을 받았다고 했다. 그리고 때때로 그 시절을 회상하며 괴로움을 토로했다. 사람들이 자신의 주변을 지나가며 아무렇지 않게 던지는 말에 수치심을 느꼈다고 했다.

"쟤 좀 봐. 엄청 말랐어. 기아야."

"발로 차면 다리 부러질까?"

그 말이 그녀의 의도와는 다르게 나에게는 마치 아름다운 동화 속 이야기처럼 느껴졌다. '공주님은 백설 같은 피부를 가진 사랑스러운 아이로 자랐습니다'와 같은 이야기 말이다. 그녀는 아무리 먹어도 살이 찌지 않아 걱정이라고 했다. 물만 먹어도 살이 찌는 체질인 나는 타고난 그녀의 체질이 부러웠다. 나도 그런 시선을 받고, 그런 말을 들어보고 싶었다. 그녀는 나의 선망의 대상이 됐고 나는 그녀가 되고 싶다는 생각마저 들었다.

'저렇게 마르면 정말 행복할 거야. 저 아이도 고민이 있을까? 저렇게 말랐는데?'

그때 나의 정신은 온전히 '마름', 다이어트에 지배당하고 있었다. 나에게 닥쳐온 모든 불행이 전부 나의 외형 때문이라고 생각하던 때다. 살이 빠지면 내 인생도 바뀔 수 있을 것이라 생각했다.

'열심히 하면 목표 체중이 될 거야. 그럼 예뻐질 거야. 그럼 내 인생도 달라질 수 있어!'

다이어트를 하는 내내 하루에도 몇번씩 되뇌었던 이 다짐은 아이러니하게도 목표 체중에 도달하는 순간 무너졌다. 죽을 만큼 힘겹게 살을 뺐지만 요요는 내 노력을 비웃듯 쉽게 찾아왔다. 목표 체중 달성 후에는 체중 유지라는 더 힘든 과정이 기다리고 있었다. 그때 깨달았다. '다이어트는 평생해야 하는 거구나. 끝이 없는 거구나. 죽을 때까지 이렇게 힘든 다이어트를 계속해야 하는 건가? 너무 끔찍해!' 끝없는 다이어트를 해야 한다는 생각만으로도 앞으로 남은 내 인생이 너무 길게만 느껴졌다. '어떡하지, 정말 죽을 때까지 이렇게 힘든 다이어트를 계속해야 할까? 살 안 찌는 체질인 그

아이가 너무 부러워!'

부러움은 집착이 됐다. 그녀의 SNS를 염탐하며 일거수일
투족을 주시했다. 그녀가 입는 옷, 먹는 음식, 가는 장소 모
두가 좋아 보였다. 그녀의 모든 것이 부러웠다. 그녀로 다시
태어나고 싶었다. 다시 한번 생과 사의 열망이 동시에 들끓
었다. 그러나 내가 그녀가 되는 것은 불가능한 일이다. 나는
다시 아무것도 되고 싶지 않았다. 한동안 속이 텅텅 비어 껍
데기만 남아 있는 상태가 지속됐다.

길거리를 걸을 때면 여자들만 봤다. 나보다 예쁜 여자를
보고선 자괴감을, 덜 예쁘다고 생각하는 여자를 보고선 우
월감을 느꼈다. 사실 사람의 외형을 가장 편협한 기준으로
평가하는 것은 바로 나였다.

'저 사람은 예쁜데 좀 통통하네.'

'쟤 가슴 좀 봐. 너무 커.'

'저 여자는 살 좀 빼야겠다.'

'와, 저런 종아리에 저 바지는 아니지.'

소리 내서 내뱉지 못한 수많은 험담들이 입 안을 굴러다
녔다. 사람들은 마음속에 자를 하나씩 품고 산다. 그리고 타
인에게 자신의 잣대를 들이댄다. 내 잣대는 엄격했다. 그래
서 모두가 나처럼 외모에 대해 엄격한 잣대를 들이밀며 내

몸 구석구석을 평가할 거라 생각했다. 그렇기에 키나 얼굴은 안 되더라도 내 '의지'로 가꿀 수 있는 몸매만큼은 완벽해야 한다고 생각했다. "그 정도면 말랐어" "네가 뺄 살이 어디 있어" 같은 말들에 기분은 좋았으나 내가 완벽하다고 생각하는 마른 몸매가 되기 위해서는 살을 더 빼야 했다. 그러지 않으면 사람들이 나에게 하는 험담을 견딜 수 없을 것 같았다.

'젤라는 얼굴이 좀 커.'

'젤라는 입이 좀 튀어나왔어.'

'젤라는 다리가 좀 짧지.'

'젤라는 코가 좀…'

직접 듣지도 않은 나에 대한 외모 평가를 상상하며 자괴감에 빠지는 날들이 계속됐다. 사실 그건 타인의 평가가 아니라 스스로에 대한 나 자신의 평가였다. 그렇게 편협하고 악의적으로 내 외모를 평가하듯 타인의 외모를 평가했고 타인도 내가 한 것처럼 내 외모를 평가할 것이라 생각했다.

과도한 폭토를 멈추고 차츰 일상을 되찾은 후에도 외모에 대한 이러한 기준은 달라지지 않았다. 그렇기에 살이 빠졌을 때는 내가 좋아졌다가도 살이 쪄버리면 스스로를 경멸했다. 패배감에 휩싸여 사람들을 만나는 일이 두려웠다. '이런 모습을 보여줄 수 없어.' 몇달간의 치료로 폭토를 하는 행위 자체는 개선됐으나 정신적인 부분은 여전히 제자리걸음이었다.

한참이 지난 어느날 문득 그녀가 생각나 그 아이의 SNS에 방문해봤다. 전과 다른 것이 보였다. 한때 마냥 행복할 거라고 생각했던 그녀도 누구나와 같이 사랑을 하고 마음 아파하고 미래를 걱정하고 자신의 실수에 좌절하는, 그저 나와 같은 사람이었다. 외모는 그녀를 이루는 요소 중 하나였을 뿐이다. 내가 나 스스로를 바라볼 때 외모만이 아닌 다른 부분까지 볼 수 있게 된 후에야 타인도 제대로 볼 수 있게 됐다.

살아보니 알게 되는 것

침대에 누워 멍하니 있는데 전화벨이 울렸다. 스마트폰 화면에 뜬 이름은 다름 아닌 여동생이었다.

"엄마가 전화 한번 해보래. 언니 살아 있나."

은유적인 표현이 아니다. 엄마는 정말 내가 살아 있는지 궁금했던 거였다. 서른살이 지난 후로는 엄마가 직접 전화를 하지만 내가 20대 때 엄마는 동생을 시켜 안부를 물었다. 엄마는 지금도 내가 살아 있는지 궁금해 가끔 전화를 건다. 우리 가게 맞은편에서 가게를 운영하던 부부의 딸이 20대 중반의 나이에 스스로 목숨을 끊은 이후로 시작된 일종의 행사다.

건너편 가게의 언니는 나보다 세 살 많았고 어릴 적에는 함께 어울려 논 적도 있었다. 건너편 가게도, 우리 가게도 같은 자리에서 10년 넘게 있었기에 가족끼리도 오랜 시간 알고 지냈다. 그런 언니가 스스로 목숨을 끊은 것이다. 그때는 내가 섭식장애로 정신과 치료를 받는 중이었다. 그전까지 엄마에게 자살이란 뉴스에나 나오는 다른 세상의 이야기였다. 그러나 어린 시절부터 보아온 동네 아이의 자살은 그것이 곧 내 아이에게도 일어날 수 있는 일이라는 불안감을 불러일으켰을 것이다.

최근 공감, 위로가 트렌드 키워드가 되며 서점에도 관련 책들이 매대를 채웠다. '자존감 높이는 법' '스스로를 사랑하는 법' '나다워지는 법'을 알려준다는 책들. 과연 그런 것들이 책 한 권으로 알 수 있는 것일까 하는 의문이 들었지만 많은 이들이 자신의 내면을 직시하는 흐름은 반갑기 그지없다. 그렇게 조금씩 공들이다보면 자기만의 답을 찾을 수 있을 거라고 생각한다. 그러려면 우선 살아야 한다. 모두 살아봐야 알 수 있는 것들이다.

얼마 전 어린 친구들의 안타까운 소식이 연달아 들렸다. 그들의 소식에 내 가슴이 후벼 파지는 듯 아팠다. 나는 엄마의 전화를 기다렸다. 엄마는 여자 연예인의 사망 소식이 뉴스로 전해질 때면 나에게 전화를 걸었기 때문이다. 폭식증과 함께 우울증을 앓고 있는 딸을 키우는 엄마는 딸 같은 연예인들이 스스로 목숨을 끊을 때마다 심장이 덜컥덜컥 주저앉는다. 혹시라도 전화를 받지 않을까 두려운 마음에 딸에게 직접 전화를 하지도 못하고 동생에게 그 일을 시킬 정도로.

기다려도 엄마에게 연락은 없었다. 내가 우울증의 바닥에 있을 때 엄마도 그 바닥에 있었다는 건 나중에 알았다. 내가 조금씩 몸을 일으키는 동안 엄마도 함께 조금씩 몸을 일으켰다. 내가 단단해진 만큼 엄마도 단단해졌다. 오랜 시간이 걸렸다. 전부를 바쳐 키운 자식에게 마음의 병이 생겼고 그로 인해 당신을 원망할 때 엄마는 내뱉지 못한 많은 말들을 삼키며 잠 못 드는 무수히 많은 밤을 보냈다. 최선을 다해 키운 아이가 병에 걸린 순간 엄마의 세계도 무너졌다. 우울증을 앓는 자식의 엄마는 아이가 스스로 단단해질 때까지 기다려주었다. 다른 병이 그러하듯 자식을 대신해 아파줄 수 없는 것을 안타까워하면서. 그렇게 내가 텅텅 비어 무기력에 허우적댈 때 엄마는 나를 기다려주었다. 내가 스스로 일어설 때까지. 이따금 들리는 딸 같은 아이들의 자살 소식에 가슴 졸이며. 그때 엄마의 하루하루는 어땠을까.

나는 또래들이 명절이면 듣는다는 '결혼은 안 하니?' 유의 질문을 받아본 적이 없다. 큰 병을 치른 아이의 부모 마음이 그러하듯 나의 부모님도 그저 내가 건강히 살아내고 있는 것만으로 충분하다고 여기는 것이리라. 크게 앓고 나서야 일상의 소중함을 알게 됐지만 그럼에도 우울증과 같은 고통은 나도, 엄마도 겪지 않았다면 더 좋지 않았을까 생각한다.

살아보니, 내가 스스로를 싫어했던 것은 사실 스스로를 너무 사랑했기 때문이었다. 그야말로 자의식 과잉이었다. 나에게 너무 집착했다. 그냥 나를 좀더 무심하게 두었어야 했는데 말이다. 통제하려고 하지 않고, 너무 노력하려고 하지도 않고, 완벽할 필요도 없이. 내가 나에게서 조금 거리를 두니 스스로를 어떻게 다뤄야 하는지 알게 됐다. 한순간에 깨닫게 되는 진리가 있다고 하지만 시간을 들이고 공을 들여 알게 되는 것들도 분명 있다. 날마다 작은 일상이 켜켜이 쌓여 깨닫게 되는 것들. 그런 것들은 한순간의 깨달음보다 더 견고하고 단단할지도 모른다.

다 살아보니 알게 되는 것들이다.

엄마에게 더이상 전화가 오지 않는다는 것은 내가 스스로를 지킬 만큼 단단해졌다는 뜻이리라. 하루하루가 쉽지는

않지만 나쁘지 않게 살아내고 있다. 그것만으로 충분하고
그것만으로도 아름답다. 그거면 되지 않을까. 그러니 다들
살아내었으면 한다.

가족이 되기 위한 거리

20대의 나는 나의 모든 불행이 전부 가족 때문이라고 생각했다. 무엇이든 이유를 찾아야 했고, 가장 가까운 사람들에게 화살을 돌린 것이다. 과거를 돌아보면 많은 순간이 원망스러웠다. 하지만 이제는 가족이라는 집단에 대해 다른 생각을 갖게 됐다. 원망이 사라졌다기보다 나이를 먹고 세상 경험이 쌓이면서 나도 조금은 지혜로워졌다고 할까.

화목한 가족의 표본이란 본디 주말 연속극에 나오는 대가족의 모습이라 생각했다. 마당이 있는 이층집에 살며 때론 싸우기도 하지만 결국 서로를 끔찍이 아끼는 그런 가족. 그래서 우리 가족은 화목하지 않다고 생각했다. 주변의 이혼 가정을 볼 때나, 부모 중 한명이 집을 나갔거나 바람을 피웠다는 이웃의 소문이 들릴 때면 '그래도 우리 가족은 화목하구나'라고 생각할 뿐이었다. 화목함이란 상대적인 것인지라 우리 가족을 설명하자면 넘치게 화목하지 않지만 넘치게 불화가 있지도 않은 정도라 여겼다. 그저 미적지근한 온도의 가족이라 할 수 있겠다. 속 썩이는 아빠와 희생하는 엄마, 그리고 말 안 듣는 자식들로 이루어진.

언니가 대학교를 졸업하기 전까지 우리는 하나의 공동체였다. 일반적인 한국의 가정이 그러하듯 끈끈하게 연결되어 있었다. 가장 가까운 거리에 있었고 서로에 대해 가장 잘 안다고 생각했다. 나에게 어떠한 일이 생겨도 내 뒤에는 가족이 있었다. 엄마가 있었다. 엄마는 항상 말했다.

"힘든 상황이 오면 혼자서 해결하려 고민하다가 잘못된 방식을 찾지 말고 엄마에게 말해. 엄마가 있으니까."

엄마와 아빠 사이에 갈등이 있었고 나에게는 그로 인한 트라우마도 생겼다. 그러나 우리 가족의 관계는 비교적 나쁘지 않았다. 다만 같은 DNA를 공유했다는 것은 어쩔 수 없이 비슷한 성격들이 부딪히며 서로를 할퀸다는 뜻이기도 하다. 각자 비슷한 모양의 이기심과 무심함으로 말이다.

어릴 때 나는 가족들과 함께 있을 때의 모습이 진짜 '나'라고 여겼다. 친구들과 있을 때의 밝은 모습이나 선생님 앞에서의 좀더 조숙한 모습은 전부 내가 꾸며낸 것이라 생각했다. 그리고 나는 진짜 내 모습이 싫었다. 학교에서 칭찬받은 일들을 엄마에게 자랑했다. 그러나 나의 자랑거리가 엄마의 자랑거리가 되지는 못했다. 아무리 열심히 공부하고 노력해도 나는 부모의 자부심이 되지 못했다.

언니는 대학을 졸업하고 어른이 됐다. 스스로를 책임질 수 있었다. 나는 대학을 나왔지만 제대로 된 어른이 되지 못했다. 계속해서 가족과 *끈끈하게* 연결되어 있고 싶었다. 가족이 없는 나를 상상할 수 없었다. 폭식증을 극복하고서야 나는 비로소 어른이 됐다. 가족으로부터 정신적 독립을 할 수 있게 됐단 뜻이다. 그러나 여전히 가족과 함께 있을 때면 나는 채 어른이 되지 못한, 미성숙한 아이로 돌아가버리고 만다. 부모는 나이 먹은 자식을 아이처럼 대할 수 있지만 자식은 부모를 더이상 보호자로 여기면 안 된다고 생각한다. 부모에게 자식은 계속 철부지 아이로 여겨지기 마련이다. 이는 나처럼 계속 가족과 *끈끈하게* 연결되어 있고자 하는 아이의 성숙을 막을지도 모른다.

인간이란 다층적이고 다면적이라 쉽사리 그 폭을 가늠할

수 없다. 그럼에도 가족은 가족이라는 이유로 서로를 다 안다고 생각한다. 서로가 서로의 한계를 규정짓게 되는 지점이다. 가족이라는 틀 안에서는 한 인간으로서의 한계를 넘어설 수 없다. 그 한계라는 것은 보통 최고의 성과를 내었을 때나 최악의 결과를 초래했을 때 각인되기 마련이다. 가족 구성원에게 있어서 잘하는 사람은 항상 잘해야만 하는 압박을 받고 못하는 사람은 늘 못하는 사람이라는 편견에 갇혀버리고 만다. 나는 부모님에게 '못하는' 사람이 됐다.

몇번의 실패와 실망을 거치며 엄마는 나에게 어떠한 기대도 하지 않게 됐다. 그로 인해 내 기분이 홀가분해진 것과는 별개로 가족과의 관계는 악화됐다. 그 이유로는 내 교육에 투자한 비용이 있었고, 네명의 자식 중 나에게만 부여된 특혜도 있었다. 나는 엄마에게는 실망스러운 딸, 형제에게는 이기적인 사람이 됐다. 나는 행복했지만 딸로서나 형제자매로서는 행복하지 않았다. 거리가 필요했다. 그래도 가족을 사랑하기에, 화목하진 않지만 불화가 있지도 않은 정도의 가족이 되기 위한 거리 말이다.

언니가 결혼을 한 후 갓 스무살이 된 여동생과 함께 살아보려고 했지만 실패했다. 나 역시 취업 준비를 하며 몇개월 동안 엄마와 함께 살았던 것을 끝으로 가족과 함께 사는 일은 앞으로 없을 것이라 다짐했다. 가족들과 나는 아귀가 맞지 않는 톱니바퀴처럼 함께 있으면 제대로 작동하지 못하니까. 가족에 대한 애정과는 별개의 문제다. 오히려 어느정도의 거리가 서로에 대한 애틋함을 증가시킨다. 마치 연애와 같다고 느꼈다. 애정이란 것은 너무 가까이 있을 때는 종종 그 소중함을 잊어버리고 마니까.

엄마와 아빠도 그냥 사람이었다. 어린 시절에는 나에게 신과 같은 절대적인 존재였지만 그들도 부모로서 미숙했다. 그리고 부모이기 이전에 그저 한 인간이었다. 지금 알고 있는 걸 그때도 알았더라면 나는 폭식증에 걸리지 않았을까? 아마 아니었을 것이다. 우리는 좋은 관계를 위해 가족이지만 너무 가족적이지 않기로 했다. 잘 지내고 있는지 안부를 묻지만 서로의 삶에 너무 깊숙이 개입하지 않고, 피해 주지 않는 선에서 지내기로 한 것이다.

고향에 살고 있는 부모님과는 특별한 가족 행사가 있지 않은 이상 1년에 두번, 여름휴가와 추석에 만난다. 다른 가족과는 그보다 더 만나지 않는다. 동생과는 같은 동네지만 각자 따로 자취방을 얻어 살고 있다. 그 정도가 좋다. 가족이 나를 미성숙한 존재로 생각하듯 나도 가족을 편협한 시각으로 바라볼 뿐이니까. 너무 가까이 있으면 서로에게 좋지 않은 영향만 주곤 했다. 멀리 있지만 존재하고 있다는 것, 자주 보거나 연락하지는 않지만 존재 그 자체로 이 세상을 나 혼자 살아내고 있는 게 아니라고 느끼게 해주는 것이 바로 나에게 있어 가족의 의미다. 그 정도가 좋다. 느슨하게.

정신과 치료 중단

"이상이 너무 높네."

정신과 진료를 시작하고 두달이 넘었을 즈음 담당의가 나에게 한 말이다. 지금 와서 생각하면 내가 정신과 진료를 거부하게 된 계기이기도 하다.

섭식장애 치료에 있어 정신과 상담치료는 꼭 필요하다. 현재 상태가 어떠한지 정확한 진단을 받고 그에 적합한 치료를 하는 것은 섭식장애 개선의 첫걸음이다. 나도 그랬다. 처음 병원에 가서 상담을 받고 가족들에게 내 병에 대해 고백한 이후로 폭식과 구토 행위는 바로 호전됐다. 다만 체중이 늘어나는 것에 대한 거부감은 여전히 강했기에 두달 동안 열심히 치료에 집중했음에도 담당의는 내 상태가 개선되지 않았다고 진단했다.

진료를 시작한 후로는 일주일에 한번씩 한시간 동안 담당의와 상담을 했다. 상담이 진행될수록 최근의 일에서부터 과거로 거슬러 올라갔다. 스스로에 대해, 가족에 대해, 친구들에 대해 이야기하며 나에게 왜 이러한 병이 생겼는지 원인을 찾아갔다. 의사는 내 이야기에 귀 기울여주었다. 내 병에 대해 잘 알고 있는 사람이 내 이야기를 들어주고 이해해준다는 감각은 나에게 큰 안도감을 주었다. 그날 전까지는 말이다.

그날 나는 대학생활과 앞으로 이루고자 하는 꿈에 대해 이야기했다.

"신기해요. 초등학생 때 피아노학원 선생님이 저더러 기자가 어울릴 것 같다고 했고, 중학생 때는 고모가 제 그림을 보더니 패션 디자이너를 하면 좋겠다고 했는데 저는 지금 패션 잡지의 기자가 꿈이거든요. 말에는 힘이 있나봐요. 이걸 다 까먹고 있었는데 고등학생 때 의상디자인과를 가겠다며 패션 잡지를 보던 장면이 생각이 났어요. 잡지를 읽는 게 너무 재미있어서 잡지를 만드는 사람이 되고 싶었어요. 피아노학원 선생님과 고모가 했던 말이 함께 생각나더라고요."

그리고 선생님의 한마디가 이어졌다.

"음. 이상이 너무 높네."

그 말을 듣는 순간 내 안의 어떤 것이 무너졌다. 정신과 치료만 하면 당연히 병이 낫는 줄 알았다. 정신과 치료 중 가장 힘든 게 의사 앞에 앉는 것이라고 하지 않나. 나는 그 어려운 걸 해냈으니 앞으로는 낫기만 하면 되는 줄 알았다. 그러나 그게 아니었다. '저희도 최선을 다했지만 안타깝게 됐습니다'라는 의학 드라마 속 의사의 대사는 정신과에도 해당됐다.

그날의 혼란스러움을 감춘 채 일주일 뒤로 예정되어 있는 상담을 기다리며 시간을 보내던 중 영화를 한편 보게 됐다. 정신병동을 다룬 영화였고 환자와 의사의 경계가 다소 흐릿한 설정이었다. 환자의 치료를 담당하고 상담을 하는 의사가 다른 의사에게 상담을 받는 장면이 나왔다. 순간 담당의를 대하는 내 시각에 변화가 생겼다. 구원자라고 생각했던 그도 사실 실수하고 고민하는 한 인간에 지나지 않는다는 것을 깨달은 것이다.

당시 나는 내가 가진 가장 큰 문제로 대학교 동기들 사이에서 느끼는 상대적 박탈감을 꼽았다. 부족한 내가 엄청난 사람들 사이에 운 좋게 포함되어 능력치 이상의 것을 좇아

가느라 고장이 난 것은 아닌지 오랜 시간 고민했다. 그런 나에게 의사가 한 '이상이 높다'라는 말은 나의 능력이 부족하다는 것을 확인시켜주는 한마디로 다가왔고, 이는 나에게 더 큰 낙인이 됐다.

지금도 그때 담당의가 한 말이 어떤 의도였는지 알 수 없다. 환자에 대한 짧은 소회일 수도 있고 지나가듯 던진 무심한 한마디였을 수도 있다.

절박한 심정으로 정신과를 찾는 환자의 경우 의사에게 크게 의존하게 된다. 나도 그랬다. 담당의는 내가 가진 병을 치료해줄 유일한 사람이라는 확고한 믿음을 갖고 있었다. 그래서 담당의가 시키는 대로 치료에 임하면 당연히 폭식증이 완치될 것이라고 생각했다. 상담을 위해 열심히 과거를 곱씹고 인지행동 개선을 위해 성실하게 식단일기를 작성하고 약도 꼬박꼬박 먹었다. 그럼에도 큰 차도가 보이지 않았던 것은 의사가 시키는 대로만 하면 병이 나을 거라는 그릇된 믿음 때문이었다.

영화감독은 영화의 의도를 배우가 연기로 표현할 수 있도록 디렉션한다. 그러나 모든 배우가 감독이 원하는 대로 연기할 수 있는 것은 아니다. 연기 철학이 있고 자신이 맡은 배역에 대해 충분히 고민한 배우만이 감독의 의도를 잘 표현할 수 있다. 폭식증 치료도 비슷하지 않았을까. 담당의는 폭식증의 증상을 누구보다 잘 파악해 환자가 나을 수 있도록 진료한다. 그러나 의사가 유능하다고 해서, 훌륭히 진료한다고 해서 모든 환자가 다 나을 수 있는 것은 아니다. 그 진료를 수용할 준비가 환자에게 되어 있어야 한다. 단지 낫고 싶다는 열망과 완치에 대한 강한 의지만으로 되는 것이 아니었다. 자신의 병을 알고, 자신에 대해 스스로 오랜 시간 고민하고, 그 원인을 자신의 내부에서 찾아보고, 그 원인과 충분히 대면한 후에야 비로소 병의 근원에 다가갈 수 있다. 당시의 나는 준비가 안 되어 있었다. 열심히 쌓아 올린 두달간의 노력은 담당의의 사소한 한마디에 너무나 쉽게 무너져 내렸다.

폭식증을 앓는 동안 내 안에서는 계속 한가지 생각이 맴돌았다. '누가 나 좀 일으켜줘. 나 좀 세워줘.' 나는 계속 넘어져 있는 기분이었다. 누군가는 폭식증을 터널이라고 표현하지만 나에게는 폭식증 자체가 넘어진 충격이 너무 커 스스로 일어날 수 없는 상태처럼 느껴졌다. 혼자서는 도저히 불가능했다. 누군가가 나를 일으켜 세워주길 바랐다. 친구에게 손을 내밀고 가족에게 손을 내밀어봤지만 아무도 나를 일으켜 세울 힘을 갖고 있지 않았다. 의사라면, 이 병의 전문

가라면 나를 도와줄 수 있을 거라고 생각했기에 제 발로 병원을 찾았다. 그러나 이 병은 다리에 힘을 길러 스스로 일어나 버티지 않으면 나을 수 없는 병이었다.

상담치료는 섭식장애 치료에 있어 가장 중요한 요소다. 그러나 상담을 하는 행위 자체만으로 병세가 호전되지는 않는다. 상담 과정을 통해 환자 스스로가 자신의 내면을 마주할 수 있어야 한다. 나는 스스로의 내면을 마주할 준비가 되어 있지 않았다.

더이상 치료를 계속하는 것이 무의미했다. 치료를 중단했다. 그러나 인생이란 게 언제나 예상치 못한 곳에서 풀리듯이 치료를 중단했음에도 내 병은 호전됐다. 마치 완치된 듯이. 남자친구가 생긴 것이다.

내 이야기에 귀 기울여주는 사람

   폭식증 치료를 시작했을 무렵 고등학교 시절 좋아했던 한 학년 선배가 전역했다는 소식을 듣게 됐다. 치료를 위해 휴학을 하고 아르바이트도 하지 않아 남아도는 시간이 많았고, 폭식 행위는 더이상 하지 않게 됐기에 일상이 얼마간 안정되기도 했다. 어떠한 의욕이 샘솟아 어딘가에 에너지를 쏟아붓고 싶어졌다. 그 에너지가 핸드폰의 버튼을 누르게 했고 그렇게 학창 시절 좋아했던 선배에게 연락을 했다. 그리고 얼마 후 우리는 사귀기로 했다.

   남자친구를 만나고 내 병은 눈에 띄게 좋아졌다. 우울 증상도 옅어지고 표정도 달라져 엄마가 남자친구를 만난 자리에서 고맙다고 인사까지 했다. 지금 생각해도 그때 그는 내 인생의 귀인이다. 그에게 구원받았다고 생각했다. 여기까지 읽으면 '스스로 일어나야 한다며? 결국 남자친구 덕에 나은 거야?'라고 생각할지도 모르지만 이 인과관계가 정확한 것은 아니다.

폭식증이 급속도로 심각해졌을 즈음 나는 고향 친구들을 자주 만났다. 대학 동기들과의 관계에서 스트레스가 심했기에 자연스럽게 고향 친구들과의 만남에서 다소 위안을 받기도 했다. 그러나 고향 친구들과의 만남이 지속되면서 내 병은 빠르게 악화된 것이나 다름없다.

당시 나는 너무 힘들었기에 누군가가 내가 힘든 것을 알아주길 바랐다. 그저 '힘들었겠네' 한마디를 듣고 싶었다. 그러나 나는 힘들다는 말을 할 곳이 없었다. 경쟁 상대인 대학 동기들에게는 내가 힘든 걸 들키면 안 됐다. 좋은 모습만 보여주어야 했다. 가족에게 나는 집안 사정은 생각도 안 하고 자기 하고 싶은 것을 다 하는 이기적인 사람이었다.

4년제 사립대학에 간 것을 달가워하지 않는 게 이상하게 생각될 수도 있지만 우리 집안 사정을 보면 그럴 만했다. 4년제 명문대를 나와 대기업에 취직한 큰아빠, 작은아빠와 달리 아빠는 대학을 나오지 않았고 제빵 기술을 배워 가계를 일으켰다. 아빠는 4년제 명문대 따위가, 고학력이 먹고사는 데 중요한 것이 아니라고 생각했다. 결과적으로 큰아빠나 작은아빠와 아빠의 경제적 수준에 별 차이가 없으니 맞는 말이다. 그래서인지 아빠의 기술만능주의가 우리 가족에게도 영향을 미쳤다. 언니는 미용 기술로, 동생은 조리 기술로, 막냇동생은 설비 기술로 먹고살고 있으니 말이다. 그중 나만 달랐다. 아빠의 기술에 대한 자부심에 반감을 느꼈는지 오히려 나는 펜대를 굴리는 일에 매력을 느꼈다. 패션을 전공했어도 옷을 만들기보다 옷 이야기를 쓰고자 했던 것은 그런 영향 때문일지도 모른다. 어찌 됐든 우리 가족에게 나는 대학을 다니고 있는 것만으로 불평을 하면 안 되는 존재였다. '네가 뭐가 부족해서' '이만큼 해주었는데'가 꼬리표처럼 따라다녔다.

고향 친구들은 내가 힘든 것을 알아주지 않을까. 어느날 술자리에서 친구들에게 학교생활이 힘들다고 토로했다. 돌아온 답변은 "왜? 그래도 너는 서울로 대학 갔잖아"였다. 나는 대다수 고등학생이 목표로 하는 꿈의 '인 서울' 대학을 시골 학교에서 간 주인공이었다. 모든 친구들이 좋은 대학교를 가기 위해 몇년간 함께 동고동락하지만 그중에 가고 싶었던 학교를 가는 사람은 손에 꼽히는 정도였고 나는 그중 하나였다. 그런 나였기에 대학생활이 감히 힘들다고 말하면 안 됐다. '그렇게 좋은 학교'에 들어갔으니까. 대학교에 입학한 후로 고향 친구들에게 나는 그저 부러움의 대상일 뿐이었다. 그렇게 나는 주변인들의 눈에 갖고 싶은 것을 다 가졌으면서도 불만인 아이가 됐다. 내 이야기를 들어주는 사람이 없었다. 공감해주는 사람이 없었다. 나는 사람들 사이에 있었지만 외톨이였다.

정신과 치료를 시작하고 담당의와 상담을 하면서 처음으로 내 이야기에 귀 기울여주는 사람을 만났다. 사실 그것만으로도 치료에 큰 도움이 됐다. 악순환의 고리에서 빠져나올 수 있었기 때문이다. 그러나 살이 찌는 것에 대한 공포심을 근본적으로 해결할 수는 없었다. 담당의는 나를 인간적으로 이해한 것이 아니라 어디까지나 폭식증 환자로서 의학적으로 이해했을 것이다. 그러나 남자친구와의 관계에서 나는 처음으로 진심으로 이해받고 있다는 느낌을 받았다. 내가 이런 게 힘들다고 이야기할 수 있는 사람, 내 이야기에 관심을 갖고 경청해주는 사람, 나를 이해하고자 노력하는 것이 느껴지는 사람. 그 사람과 대화를 하는 것만으로 많은 부분이 달라졌다.

가끔 극도로 예민해지고 감정적으로 될 때도 그는 넓은

아량으로 나를 받아들여주었다. 나에 대한 애정을 느낄 수 있었다. 태어나서 처음으로 누군가에게 사랑받는다는 것이 어떤 느낌인지 알게 됐다. 그리고 나는 꽤 괜찮아졌다. 맛있는 음식을 맛있게 배부르게 먹었고, 재미있는 영화를 재미있게 봤다. 그때그때 다양한 감정을 느낄 수 있었다. 오랫동안 넘어진 상태에서 비로소 일어섰다는 느낌이 들었다. 이제는 무엇이든 할 수 있을 것 같았다. 그러나 인생은 내 마음대로 흘러가지 않는다. 나는 곧 호주로 떠나게 됐다.

시드니로 떠나다

 한국이 싫어서, 외국으로 가면 한국의 모든 복잡한 일과 관계로부터 벗어날 수 있을 거라 기대했지만 그런 환상은 여행에서만 가능했다. 여행지가 생활의 터전이 되는 순간 여행은 일상이 되고, 나를 에워싸고 있던 일상의 복잡함은 그대로 나를 따라왔다.
 호주에서의 생활이 유유자적하고 낭만적일 거라고, 아니 최소한 한국보다는 나을 거라고 낙관했지만 현실은 달랐다. 여행이 아닌 생활이 되자 한달 살기 같은 낭만 따위는 없었다. 첫날의 호주와 일주일 후의 호주, 한달 후의 호주, 그리고 1년 후의 호주는 나에게 각기 다 다른 공간이었다.

내가 스물한살이던 2000년대 중반은 대학생들에게 어학연수가 시야를 넓힐 수 있는 좋은 경험이자 스펙이 되는 시기였다. 아직 글로벌 금융위기가 터지기 전이라 취업의 문은 지금과 비교하자면 넓었고, 대학생들은 스펙 쌓기보다는 책, 공연, 영화, 클럽 등에 빠져 있었다. 그중 가장 정점에 있던 것이 여행이었다. 그때도 대학생들 사이에서 유럽여행이 유행이긴 했으나 아무나 누릴 수 있는 호사는 아니었다.

대학교 2학년이 되니 동기들이 하나둘 휴학하고 어학연수를 떠났다. 유학이란 것은 막연하게 꿈만 꿔봤지 내가 갈 수 있는 것은 아니라고 생각했다. 엄마에게 지나가는 말로 "동기는 이번에 호주로 어학연수 간대"라고 한 것이 엄마는 내내 마음에 걸렸었나보다. 폭식증을 고백하고 얼마 지나지 않아 엄마는 나에게 어학연수를 보내줄 테니 알아보라고 했다. 사실 어학연수를 가고 싶은 마음이 컸던 것도 아니고 그때까지만 해도 치료를 중단할 생각이 없었기에 엄마의 제안이 그다지 끌리지 않았다. 그러다 남자친구까지 생겨 더욱 가고 싶은 마음이 사라졌다. 그러나 엄마는 단호했다. "네 병은 호주를 못 가서 생긴 거라 가면 다 나을 거야."

폭식증을 고백한 지 6개월 후, 스물두살이던 2006년 6월 나는 호주로 갔다. 폭식증은 완치된 듯했고 남자친구와 '장

거리 커플'이 되는 것 말고는 아무런 문제가 없어 보였다.

당시는 스마트폰이 나오기 전이라 영어 공부를 위해 전자 사전 하나만 챙겼을 뿐 나에게는 노트북도 없었다. 한국으로 전화를 하기 위해서는 국제전화 카드를 사서 공중전화로 전화를 걸어야 했고 그 금액도 만만치 않았다. 노트북이 없었으니 화상 채팅을 할 수도 없었다(당연히 카카오톡도 없었다). 게다가 호주는 인터넷 종량제를 시행하고 있어 인터넷 속도도 한국인으로서는 상상할 수 없을 정도로 느렸고, 한달 동안 1기가바이트가 채 안 되는 정도가 유학생이 지불할 만한 데이터 양이었다. 화상 채팅은커녕 유튜브도 볼 수 없었다(당연히 와이파이도 없었다). 학원에서 집으로 돌아오면 할 수 있는 일이란 TV를 보거나 DVD로 영화를 보는 것뿐이었다. 「슈렉」(2001)을 무한 반복해 보면서 영어 공부를 했다. 기왕 시드니까지 온 거 유학비가 아깝다는 생각에서였다. 월반을 할 정도로 영어 실력이 빠르게 향상됐다. 남자친구와는 헤어졌다. 호주에 온 지 두달이 채 안 된 때였다. 그리고 급속도로 살이 쪘다.

시드니에는 친척 언니가 결혼해 살고 있었는데, 언니가 유학 준비를 도와준 덕에 초반 적응을 빠르게 할 수 있었다. 서로 바쁜 터라 약 두달 만에 친척 언니를 다시 만났을 때

순간적으로 언니의 눈에 비친 당황스러움을 읽을 수 있었다. 급작스럽게 찐 내 살 때문이었다. 친척 언니는 "호주에 오면 다들 그래"라고 한마디 했다. 그렇게 살이 찌는 것을 두려워하던 내가 어떻게 살이 쪘느냐고? 그냥 그 나라에서는 그렇게 됐다.

호주는 기묘한 나라다. 마트에 가면 채식주의자를 위한 식품, 유당불내증을 가진 이들을 위한 식품, 글루텐프리 식품 등 다양한 취향과 체질을 위한 제품은 물론 그 옆에는 팻프리(fat-free), 하프 칼로리까지 거의 모든 식품군에 구비되어 있다. 반면 엄청난 규모의 매대 전체에 초콜릿이 빼곡히 들어차 있다. 호기심에 현지인들의 바구니를 훔쳐보면 팻프리 식품과 초콜릿이 비슷한 비율로 들어 있었다. 마치 '초콜릿을 먹어야 하니 다른 음식에서 섭취하는 칼로리를 줄여야 해'라고 말하는 듯했다. 그만큼 호주 사람들은 단 음식을 좋아하는 것 같다. 호주의 국민 과자로 불리는 '팀탐'만 해도 그 달콤함이 두통을 불러일으키는 수준이다. 호주의 한국 식당을 가면 대부분의 음식에 단맛이 강화되어 있다. 말 그대로 강렬한 단맛과 강렬한 짠맛이 만난 '단짠'의 원조 격이다. 여기에 따뜻한 기후 국가 특유의 여유로움과 타인의 시선을 신경 쓰지 않는 국민성 등이 합쳐져 호주의 비만율은 세계 1, 2위를 다툴 정도다. 최근 몇년 동안은 식품에 설탕세를 도입해야 한다는 목소리도 높다.

새로운 환경에 놓였다는 설렘과 타국의 문화를 체험해보고 싶은 욕구, 홀로 있다는 외로움이 합쳐진 결과는 체중 증가로 나타났다. 여행의 묘미는 미식이라 하지 않나. 어학연수는 여행과 유학 중간의 어느 지점이라 학업에 대한 압박감보다는 '다양한 경험을 통해 견문을 넓히자'로 귀결되기 쉬웠다. 새로운 음식, 새로운 문화를 경험한다는 명목은 어떤 음식이든 먹게 했다. 타국에 있음으로 인해 발생하는 결핍감은 허기가 되어 돌아왔다. 이 허기가 어디에서 온지도 모른 채 그저 허기를 배고픔으로 착각했다. 먹지 않던 것들이 먹고 싶었고 먹어도 먹어도 배가 고팠다.

시드니로 가서 첫 두달 동안은 몇년 만에 먹고 싶은 것을 마음껏 먹었던 시기였다. 살이 쪄도 괜찮았다. 나는 체구가 작은 아시아 여자아이로, 아무리 살이 쪄도 서구의 여자들에 비해 '작았기' 때문이다. 그것은 나에게 심리적으로 살쪄도 괜찮다는 안도감을 주었다. 이미 타인과의 비교에서 우위를 선점하고 있었기 때문이었다. 내가 하는 비교와 달리 그들은 아예 타인을 외형으로 판단하지 않을뿐더러 타인에게 관심도 없었다. 남에게 관여하고 싶어하는 오지랖 넓은 한국인과는 다른 정서였다. 그래서 살찔 수 있었다. 그리고 어학연수 중 만났던 어느 누구도 몸매 관리를 위해 식단을 조절하지 않았다. 다들 끼니때가 되면 배가 고프고, 배가 부를 만큼의 음식을 먹는 것을 당연하게 생각했다. 내 주변 환경에서 체중이나 음식으로 나를 자극하는 요소가 없었다. 두 달 만에 만난 친척 언니의 당황한 눈빛을 마주하기 전에는.

영어 공부가 재미있던 나는 친구를 따라 쳤던 아카데믹 클래스 시험에 덜컥 붙어버리는 기염을 토했다. 6개월로 예정되어 있던 어학연수는 이 과정을 모두 끝내기 위해 10개월로 늘어났다. 10개월 동안 호주 내 전문대학을 갈 수 있는 레벨의 영어 등급을 땄던 나는 이왕 이렇게 된 거 호주에서 전문대학을 가자는 결심을 하게 됐다. 어차피 한국이 싫었던 참이었다. 그리고 다이어트에 돌입했다. 전문대학에 입학하기 위한 준비와 입학 시기를 맞추기 위해 1년 정도 한국에 머물러야 했던 것이다. 한국에는 마른 여자들이 즐비하다. 그들 사이에 있으려면 나는 다시 마른 여자가 되어야 했다.

미련한 관계

눈물을 흘리며 이별했던 공항에서의 기억이 무색하게 호주에 도착한 지 얼마 되지 않아 첫번째 남자친구와 헤어졌다. 내가 정말로 그를 사랑했나 싶을 정도로 몸이 멀어지니 마음도 자연스럽게 멀어졌다. 나는 장거리 연애 불능자였다. 낯선 나라에서 새로운 환경과 사람들을 접하게 되니 날마다 두근거림의 연속이었다. 이 두근거림 탓인지 만남은 너무나도 쉽게 호감이 되고 호감은 연애 감정으로 변했다. 그렇게 시드니에 도착한 지 두달이 채 안 되어 새로운 남자친구를 사귀었다. 내 생애 두번째 남자친구였다.

어학원 입학 첫날, 그를 만났다. 동갑내기인 그는 나보다 호주에 한달가량 먼저 왔다고 했다. 영어는 다소 서툴지만 180센티미터가 넘는 키에 유머러스한 언변이 그를 어학원 내 국적 불문 인기남으로 만들었다. 그의 인기는 그를 더 매력적으로 보이게 했다.

그가 술을 좋아해 매주 금요일마다 열리는 파티에서 함께 술을 마시게 됐고, 그렇게 우리는 '썸' 타는 관계가 됐다. 아마 내가 더 좋아했던 것 같다. 나는 그의 여자친구가 되고 싶었지만 그는 단기 어학연수생인 나와 그냥 썸 타는 관계 정도를 원했다. 그의 마음을 알기에 더 욕심이 생겼다. 다시 금 사람의 마음을 얻기 위해 열심히 노력했다. 그날도 그런 날이었다. 시험을 보는 그를 기다린 후 같이 저녁을 먹고 싶었다. 두시간가량 걸리는 시험을 기다리기 지루할 것 같아 나도 같이 시험을 봤다. 두개의 에세이를 써야 하는 시험을 마치고 함께 저녁을 먹고 술을 마셨다. 사실 시험은 나에게 중요하지 않았다.

수일이 지나고 기쁜 소식과 슬픈 소식이 한꺼번에 날아들었다. 나의 합격 소식과 그의 불합격 소식. 나는 기본적인 문법도 제대로 알지 못한 채 호주에 왔다. 기초반에서 한달을 보내고 중급반으로 월반했다. 언어 자체를 좋아했던 나에게 영어 공부는 새로운 세계에 발을 들이는 경험이었다. 재미

있었다. 배움의 기쁨이란 게 이런 것이었지. 시험 따위 중요하지 않다고 생각했지만 뜻밖의 결과에 기분이 좋았다. 엄마가 힘겹게 보내준 돈을 허투루 쓰지 않았다는 안도감이 들었다. 하지만 내가 기뻐한 만큼 그는 절망했다. 나는 내 합격을 제대로 기뻐할 수 없었다.

합격과 불합격 소식을 들은 날, 어학원 수업이 끝나고 우리는 축하와 위로의 술을 마셨다. 도시 근교에 살았던 그는 해가 지자 내가 살던 도심의 셰어하우스 앞까지 나를 데려다주었다. 셰어하우스는 거대한 빌딩에 자리 잡은 고급 아파트로 유리문 안쪽에서는 경비원이 출입자를 관리하고 있었다. 그 거대한 빌딩 중 작은 싱글 침대 정도가 내 공간이었지만.

취기가 오른 채 천천히 걸어 우리는 빌딩 앞에 도착했다. 가끔 방까지 함께 올라간 적도 있지만 그날은 그러지 않았다. 헤어지는 게 아쉬워 유리문 안으로 들어가지 못한 채 한동안 그를 바라봤다. 그는 담배를 피우려는지 호주머니에서 담뱃갑을 꺼냈다. 그리고 그의 손에 쥐여 있던 담뱃갑이 갑자기 내 얼굴로 날아왔다. 황당함을 느낄 새도 없이 목에 강렬한 통증이 느껴졌다. 숨이 막혔다. 목에 감긴 그의 두꺼운 손을 풀어보려 했지만 소용없었다.

큰 소리에 경비원이 뛰쳐나왔고 목이 졸린 채 유리문에
기대 있는 나를 발견했다. 그를 저지시킨 경비원은 경찰을
부르려고 했다. 우리는 서툰 영어로 경비원을 말렸다. 친구
사이라며 장난이었다고 웃는 낯으로 이야기했다. 경비원의
호통에 나는 그대로 집으로 올라갔다. 다음 날 우리는 마치
아무런 일도 일어나지 않은 듯 서로를 대했다.

내가 붙고 그가 떨어진 그 시험은 호주 내 대학교 입학 준
비반에 들어가기 위한 레벨 테스트였다. 단기 어학연수를
목적으로 왔던 나에게 그 시험은 사실 무용지물이었다. 반
면 유학생이었던 그에게는 시드니 내 4년제 대학교에 들어
가야 하는 큰 과업이 있었다. 외국 대학교를 졸업한 후 아버
지의 사업을 물려받아야 한다고 했다. 그 시험은 5년 동안
호주에 머물 그가 가족에게 보여주어야 할 첫번째 성과였고
그는 실패했다. 나는 뜻밖에 합격한 시험 결과에 힘입어 대
학 준비반에 들어가기로 했다. 4개월이었던 어학원 등록 기
간을 4개월 더 연장했다. 다행히 두달 후 다시 열린 레벨 테
스트에서는 그가 통과했다. 그렇기에 우리는 계속 그날의
일을 마치 없었던 것처럼 모른 척할 수 있었다.

그날 이후로 그에게는 한가지 버릇이 생겼다. 나를 물었
다. 하루에도 몇번씩 시퍼렇게 멍이 들 정도로 물었다. 너무

아파 짜증을 내려 하면 장난이라며 웃는 그에게 미처 화를 내지도 못했다. 그렇게 내 몸 여기저기에 멍이 들었다. 그때는 정말 장난인 줄 알았다. 그런데 과연 장난이었을까? 그리고 '그날'의 일은 단지 감정을 제어하지 못한 그의 우발적인 행동이었을까?

4개월이 지난 후 이 의문에 대한 답을 찾았다. 4개월 후 나는 대학 준비반을 5레벨로 통과했다. 호주 내의 2년제 대학교를 들어갈 수 있는 점수였다. 기초가 탄탄하지 않은 나에게는 이마저도 대단한 성과였다. 그리고 그는 대학 준비반의 다음 레벨로 올라가는 테스트에 불합격했다. 우리는 4개월 전과 똑같은 상황에 다시 한번 직면하게 됐다. 이번에도 그가 나를 때렸을까? 아니, 이번에 그는 프린터를 던져서 부쉈다.

4개월간의 가벼운 썸으로 끝내고 싶었던 그의 바람과 달리 나는 호주에 더 오래 남아 있었고 그간 우리의 감정도 썸 이상으로 발전했다. 그리고 셰어하우스의 계약이 끝나고 한국으로의 출국이 얼마 남지 않았던 나는 그의 집에서 잠시 묵었다. 그가 두번째 레벨 테스트에 떨어진 날 우리는 함께 집으로 돌아왔고 술에 취한 그는 물건을 부수기 시작했다. 과제를 할 때마다 유용하게 사용하던 흑백 레이저 프린터를 던졌다. 그 프린터를 사기 위해 시드니 여기저기를 돌아다녔던 기억이 갑자기 떠올랐다. 프린터는 산산조각 났다. 다시는 고쳐 쓸 수도 없을 정도로. 나는 프린터가 바닥에 낙하하는 순간 바닥에 몸을 웅크리고 팔로 얼굴을 감쌌다. 그가 멈출 때까지 그 자세 그대로 있었다. 그의 옆에서 내가 할 수 있는 최선의 자기방어였다. 지금도 그날을 생각하면 회색 카펫만이 머릿속에 떠오른다. 공포스러웠다. 태어나서 처음 느껴보는 종류의 것이었다. 엄마나 선생님이 때릴 때와는 달랐다. 그들은 내 보호자였다. 엄마와 선생님의 폭력은 보호막 안에 있었다. 그의 폭력은 달랐다. 나는 태어나서 처음으로 완전한 타인이 행사하는 폭력에 노출됐다. 나를 보호해줄 수 있는 건 아무것도 없었다.

그날 이후에도 우리는 아무 일도 일어나지 않았던 것처럼 지냈다. 그를 이해했던 건 아니었다. 그의 폭력이 내 안에서 정당화된 것도 아니었다. 단지 아직 사그라들지 않은 애정 때문이었다. 그 모든 일을 겪으면서도 나는 그를 좋아한다고 생각했다. 어리석게도.

나는 어학원 과정을 마친 후 한국으로 왔다. 그와는 간간이 연락을 이어나갔다. 몇달 후 그가 한국에 왔다. 레벨 테스트에 다시 통과해 모든 과정을 수료한 모양이었다. 행복해 보였다. 그가 한국에 와 있는 동안 두번 정도 만났다. 내가 아르바이트하는 곳에 그가 찾아오기도 했고 함께 술을 마시기도 했다. 마지막 날 아침 그가 내 자취방에서 나가고 얼마 후 전화가 왔다. 지갑을 두고 갔다고. 나는 4층이던 자취방 베란다에서 그의 지갑을 떨어뜨렸다. 그리고 그와 모든 게 끝났다.

그와의 관계는 비교적 깔끔하게 끝났지만 폭력의 후유증은 쉽게 끝나지 않았다. 그를 향했던 애정은 시간이 흐르면서 애증을 거쳐 분노가 됐다. 그가 행한 폭력은 어떤 이유로도 정당화될 수 없다. 관계 밖으로 나오고 나서야 나의 미련함이 보였다. 그럼에도 다시 한번 그 상황에 처한다 한들 내가 그 물리적인 힘에 대한 공포를 이겨내고 저항할 수 있을까 하는 의문이 남았다. 회색 카펫에서 시선을 들어 그에게 '그만해'라고 말할 수 있을까? 물리적인 힘으로 문제를 해결하고 그 물리적인 힘으로 우위에 서려고 하는 모든 이들을 혐오하게 됐다. 그리고 남자가 나를 구원해줄 것이라는 착각에서 빠져나왔다. 고맙게도 분노는 내가 잃어버렸던 삶의 원동력이 됐다.

나는 멜버른에 있는 한 전문대학에 입학해 그래픽디자인을 전공하기로 했다. 한국에서 했던 작업들을 포트폴리오로 제출했는데 정말 말 그대로 덜컥 합격해버린 것이다. 그리고 그가 시드니의 명문대에 합격했다는 소식을 전해 들었다.

너는 기억할까, 네가 나에게 했던 일을.

실패의 기록

결론적으로 나의 유학생활은 실패로 끝났다. 2년의 학과 과정을 1년도 채우지 못하고 한국으로 돌아왔다. 폭식증이 재발했기 때문이다.

어학연수를 마치고 한국에서 10개월을 보낸 후 전문대학 입학 시즌에 맞춰 멜버른에 갔다. 멜버른은 호주에서도 디자인 분야로 유명한 곳이다. 그래서인지 시드니가 한국의 강남역 느낌이라면 멜버른은 홍대입구역과 비슷한 분위기가 났다. 좀더 개성이 뚜렷하고 컬러풀했다.

시드니보다 아담한 규모의 도심에는 생활에 필요한 시설들이 오밀조밀 있었고 도심 근교로 조금만 걸어 나가도 화려한 성인용품 가게들이 문을 열어놓고 영업을 할 정도로 흥미로운 도시였다. 특히 전 남자친구와 같은 도시에 있지 않다는 사실이 좋았다.

멜버른에 도착한 나는 기분 좋은 불안감이 섞인 설렘에 들떠 있었다. 집이나 어학원을 전부 친척 언니가 준비해주었던 시드니의 어학연수 때와 달리 멜버른에서는 하나부터 열까지 모두 직접 해내야만 했다. 담당 유학원은 시드니에 있었고 어학원을 함께 다녔던 친구들 중 멜버른으로 이동한 친구도 없었기에 오로지 혼자서 기반을 잡아야 했다. 달라진 것은 또 있었다. 나는 습관적으로 술을 마시게 됐다.

한국에서 대학을 다닐 때 나는 음주를 거의 하지 않았다. 술은 다이어트의 최대 적이니까. 한달 혹은 두달에 한번 정도 친구들과의 모임에서 마시는 술이 고작이었다. 시드니에 있는 동안 매주 파티가 열렸고, 매주 술을 마셨다. 남자친구를 사귀게 됐고, 그가 술을 좋아하니 나도 술을 좋아하게 됐다. 시작은 그랬다. 그러나 중독성 있는 것들이 대개 그러하듯, 시작이 쉬웠던 것과는 달리 끊는 것은 쉽지 않았다. 그렇게 시드니에서 한국으로 돌아가서도 일주일에 한번 정도 술을 마셨다. 술을 마시기 위해 누군가를 만나는 것은 번거로웠기에 집에서 혼자 마시게 됐다. 처음에는 맥주 세캔 정도였다. 그에 맞는 안주의 양은 KFC 치킨 두조각 정도. 일주일에 한번의 치팅(cheating)으로서는 적절했다. 하지만 시간이 지날수록 마시는 술의 양이 늘었다. 술에 취해 기분이 좋아지면 좀더 기분이 좋아지고 싶고, 그러기 위해 조금 더 술을 찾게 됐다. 음식처럼, 나는 술을 조절하지 못했다.

술에 취한 사람들은 토를 한다. 사람들은 술을 마시고 토하는 건 좋지 않은 술버릇이지만 그럴 수도 있다고 생각한다. 종종 차라리 토를 해버리라는 사람들도 있다. 술을 마시고 토하는 것은 비교적 당연한 일이다. 수치심이나 죄책감이 덜 느껴진다. '비정상'은 아니기에. 그렇게 술을 조금 더 마시기 위해 안주를 조금 더 먹게 됐다. 취기는 식욕을 자극했다. 이미 허용치를 넘은 포만감에 먹은 것을 다 토해내버리자 싶은 순간, 어차피 게워낼 거 먹고 싶은 걸 원하는 만큼 먹어버리자는 생각에까지 도달했다. 술을 마시고 토하는 건 정상인 거니까. 내가 폭식증이라서 토하는 것과는 다른 거니까.

많은 섭식장애 환자들이 술 문제를 겪는다. 평소에는 음식을 거부하다가도 술에 취하면 음식을 먹거나, 음식 없이 술만 먹는 등 증상은 다양하다. 내 증상은 알코올을 동반한 폭식증이었다. 술과 함께 폭식을 하면 게워낸 후에도 취기

가 남아 그대로 잠들어버리는 경우가 많았기 때문에 폭식
후의 자괴감을 피할 수 있었다. 술을 마시고 토하는 것을 당
연한 행위로 간주했으니 폭토에 따른 죄책감 또한 없었다.
일주일에 한번 먹고 싶은 음식을 먹는 날, 그리고 먹은 것을
모두 게워내버려도 되는 날. 술을 마시는 날은 내 폭식증 치
팅데이였다. 아니, 그렇게만 됐다면 유학을 중도에 포기하
는 일은 없었을 것이다.

한국에서 이미 대학생활의 실패를 경험했기에 이번에는
잘하고 싶었다. 의욕에 불타올랐다. 그러나 멜버른에서의
생활 중 '꽃길'은 찰나였다. 내 의욕과는 상관없이 학교생활
이 시작되는 순간 가시밭길이 펼쳐졌다. 전공인 그래픽디자
인은 사회복지나 요리처럼 영주권을 따는 데 유리한 분야
가 아니었다. 같은 클래스에서 영어가 서툰 동양 여자는 나
한명뿐이었다. 호주 대학이 인정하는 영어 레벨 테스트에서
학교가 요구한 등급 이상을 받았고, 어학원에서 꽤 잘한다
는 소리를 들었기에 나는 정말 내가 현지 대학 교육을 받을
만큼의 영어를 구사하는 줄 알았다. 고작 8개월 배운 영어로
원어민들 사이에서 새로운 기술을 습득하기란 쉬운 일이 아
니었다. 특히 컴퓨터를 다루는 데 익숙하지 않은 사람이 포
토샵이나 인디자인 같은 프로그램을 영어로 배우는 것은 불

가능에 가까웠다(라고 생각한다). 호주에는 수만명의 아시아인 유학생들이 있고, 그들 중 많은 이들은 학업 태도가 성실하지 못하다. 그리고 대다수의 동양 여자가 호주 남자와의 결혼을 목적으로 호주에 왔다는 오해를 받았다. 호주 사람들이 나를 보는 시선은 결코 호의적이지 않았다. 조금씩 영어가 늘고, 그들의 분위기에 익숙해질수록 내가 느낀 것은 그들이 가진 동양인에 대한 혐오였다. 물론 전부 그랬던 건 아니었다. 고등학교를 갓 졸업한 비교적 어린 친구들은 나에게 호의적이었으나 나는 그들과 친구가 될 수 없었다.

외국에 공부하러 가서 한국인들끼리 어울리는 것을 비난하는 이들도 있는데, 이것도 하나의 생존 방식이다. 한국의 대학생활에서도 정보가 가장 중요하듯 유학생활에서도 그렇다. 언어 장벽을 넘지 못하고 아웃사이더가 된 나는 학교생활 적응에 실패했다. 언제나 내가 모르는 과제들이 있었고, 교수가 시키는 것이 무엇인지 몰라 옆자리 모니터를 훔쳐봐야 했다. 무엇을 해야 하는지 물어봐도 영어로 돌아오는 그들의 답을 알아들을 수가 없었다. 그리고 그 정도로 형편없는 스스로를 견딜 수 없게 됐다. 스트레스를 해소하기 위해 치팅데이를 가졌다. 술을 마시고 고칼로리 음식을 먹고 모두 토해냈다. 기분전환이 됐다.

학교생활이 쉽지 않아도 힘들게 돈을 부쳐주고 있는 엄마를 생각하며 꾸역꾸역 학교에 나갔다. 얼마 되지 않는 용돈을 쪼개 과외까지 받았다. 과외 선생은 학교에서 미처 습득하지 못한 기술을 가르쳐주고 과제를 도와주었다. 그렇게 겨우겨우 첫 학기를 마쳤다.

첫 학기를 마치고 홍콩 사람들과 함께 살던 셰어하우스에서 한국인들이 사는 셰어하우스로 이사했다. 영어 실력 향상보다는 조금이라도 대화다운 대화를 할 수 있는 인간관계가 필요했다. 이사 간 집은 복층으로 1층은 거실과 주방, 2층은 방 세개와 욕실로 구성되어 있었다. 나와 같은 학교의 산업디자인과 4년 과정을 다니는 동갑내기와 나 그리고 워킹홀리데이 비자로 호주에 온 한살 터울의 언니들 세명이 각각의 방에서 살았다. 우리에게 방을 빌려준 사람은 40대의 한국 남자였다. 그는 집주인에게 빌린 집의 방을 쪼개 우리에게 다시 월세 형식으로 빌려주었다. 주중에는 1층을 자신의 사무 공간으로 사용한다고 했다. 본인이 남자이면서 입주자들은 여자로만 받는 이유는 여자들이 남자들보다 더 깨끗하고 조용하기 때문이라고도 했다. 나는 그가 싫었다. 겪어보지 않았지만 느낄 수 있는 불쾌감이 그에게서 감지됐다.

얼마 후 옆방 언니들에게 내가 오기 전 내 방에서 밤이면

서러운 울음소리가 났었다는 이야기를 들었다. 내 방에 살던 아이와 송별회 겸 식사를 하는 자리에서 물었더니 그 한국 남자가 어느날 자신의 침대 속으로 들어왔다고 했다. 나는 그가 있는 시간에는 집에 없는 듯이 조용히 지냈다. 화장실도 참았다. 그와 마주치는 것이 끔찍하게 싫었다. 그럼에도 그 정도 독방을 그 가격에 구하기는 쉽지 않은 일이었기에 그 집에 그대로 살기로 했다. 곧 방학이 됐다.

그가 없는 시간대나 주말에 장을 보고 학교 도서관에서 DVD를 몇십개씩 빌려와 방에서 종일 영화나 드라마만 봤다. 1층 주방을 이용하기 싫어 간단히 먹을 수 있는 것들을 방에다 쟁여두었다. 그를 피하고 영어 공부를 하는 두가지 목적에만 충실한 방학이었다. 그렇게 방학이 지났고 몸무게는 10킬로그램이 늘었다. 폭식증이 재발했다.

멜버른에서 재발한 폭식증은 이전의 폭식증과는 결이 달랐다. 혹독한 체중 감량 후 다시 살이 찔 것에 대한 두려움에 의해 생긴 폭식증이 아니었다. 내가 처해 있는 상황 자체를 견디기가 힘들었다. 그래서 먹기만 했다. 계속 먹기 위해 위를 비웠다. 체중은 인생 최고치를 찍었다. 뭐라도 해야 한다는 압박감에 무언가를 더 먹었다. 다음 학기가 되면 새로운 마음으로 학교를 가겠다는 다짐도 금세 무너졌다. 하루

학교를 다녀오면 이틀간은 아무것도 하기 싫었다. 겨우 힘을 내 학교를 다녀오면 다시 이틀은 아무것도 하고 싶지 않았다. 그러나 여전히 엄마에게 미안한 마음에, 실패했다는 현실을 인정하기 싫어서 무엇이라도 해야 했다. 그런 마음이 들 때마다 폭식을 했다.

포기하고 자유로워지다

멜버른의 작은 방 안에서 나는 한참을 고여 있었다. 이러지도 저러지도 못한 채 고여 있다 썩어버릴 참이었다. 이렇게 사는 게 의미가 있나 싶었지만 그렇다고 죽고 싶지도 않았다. 더 나은 삶을 살 자신도 없었다. 2학기가 절반 이상 지나자 그나마 나가던 수업도 나가지 않게 됐다. 여전히 계속 먹고 토하기만을 반복했다. 욕실은 나와 동갑내기 아이 둘이서만 사용했기에 폭토를 들키지 않았다. 그는 학교생활로 바빴으니까.

어느날 전화가 왔다. 학교에서였다. 내가 오랫동안 결석해서라고 했다. 나는 말했다.

"I decided to go back to Korea."

말하고 나니 명료해졌다. 나는 한국으로 돌아가고 싶은 거였다. 그러나 엄마를 실망시킬 자신이 없어 망설이고 있었다. 그 상태로 또 한달이 지났다. 한달 동안 많은 변화가 있었다. 옆방 사람들과 자주 만났고 토하는 것을 멈췄다. 자연스럽게 먹는 양이 조금씩 줄었다. 매일 저녁을 셰어하우스 사람들과 함께 만들어 먹으면서 조금씩 심리적 안정을 찾았다. 드디어 엄마에게 말할 수 있는 용기가 생겼다. 엄마에게 전화했다.

"나 한국으로 돌아갈래."

엄마는 말이 없었다.

호주에서 해오던 것들을 다 정리했다. 어학연수와 유학 준비를 포함한 3년여의 시간이 모두 수포로 돌아갔다. 엄마에게도 마찬가지였다. 나의 포기는 엄마가 몇년 동안 나에게 투자했던 수많은 것들의 포기를 의미했다. 나는 엄마의 노력을 배신했다. 오로지 나를 위해서.

대학을 가면서도, 유학을 가면서도 큰 비용이 든다는 것을 알았지만 엄마의 후원을 바랐다. 나중에 돈 많이 벌어 다 갚을 거라고, 성공해서 효도하면 된다고 생각했다. 나의 성공과 부모의 성공을 동일시했다. 그러나 유학을 접으며 처음으로 오로지 나만을 위한, 이기적인 선택을 했다.

엄마에게 나의 유학은 이후 두 동생들이 외국에서 터전을 잡기 위한 기반이었다. 그렇기에 무리해가며 몇천만원의 돈을 나에게 투자할 수 있었다. 내가 모든 것을 접고 한국으로 돌아간다는 것은 엄마에게 용납할 수 없는 일이었으리라. 그럼에도 엄마는 내가 한국으로 돌아오는 것을 허락했다. 아니 나를 포기했다고 하는 게 맞을지도 모르겠다. 억지로 시켜봐야 되지 않는 일이라는 걸 엄마도 알고 있었다.

이전까지 부모님과 갈등을 빚었던 건 전부 나의 욕심 때문이었다. 좋은 대학을 가고 싶다는 욕심, 성공하고 싶다는 욕심에 나는 많은 투자를 요구했고, 엄마는 그 요구가 부담스러웠을 것이다. 내 폭식증조차 내가 어학연수를 못 가서 탈이 난 것이라 생각했을 정도니까. 엄마의 투자를 받으면 나는 무조건 최선을 다했다. 언제나 결과가 좋았던 것은 아니었지만 최선을 다한 실패는 그 결과마저 값졌다. 그런 실패에는 죄책감이 들지 않았다. 그러나 유학을 접는 것은 죄책감이 드는 실패였다. 유학은 실패해서는 안 되는 것이었으니까. 유학을 접으며 나는 착한 딸로서도 실패했다. 그러나 아이러니하게도 착한 딸이 되는 것을 포기했더니 마음이 편해졌다.

어떤 이들은 인생의 큰 결단을 내린 후 두번째 생을 부여받았다고 생각한다고 한다. 나의 경우는 달랐다. 유학에 실패하면서 나는 죽었다. 단지 죽었을 뿐이다. 그 이후에 남은 생은 잉여일 뿐이다. 새로운 생은 없다. 내 존재가 세상에 빛과 소금이 될 거라는 생각 따위는 들지 않았고, 일상에 스며든, 이전에는 미처 알지 못했던 사소한 것들이 새삼 소중하게 생각되지도 않았다. 그저 더이상 아무도 나에게 기대를 하지 않을 거라는 생각만 들었다. 나는 없어도 되는 존재가된 것이다.

그렇게 착한 딸이던 과거의 나를 죽였다. 부모를 실망시켜선 안 되고 대단한 사람이 되어야만 하는 착한 딸은 죽었고, 나에게는 잉여의 삶만이 남았다. 잉여의 삶에서 나는 아무거나 되어도 된다. 아무도 나에게 기대하지 않으니 그냥내 자리, 내 상황에서 내가 할 수 있는 일을 하면 된다. 조금은 대충이어도 상관없다.

잉여의 삶이 시작되자 자유로웠다. 더이상 잘해내야 할필요가 없었다. 그러자 누군가에게 인정받기 위해 애쓰던삶이 나의 행복을 위한 삶이 됐다. 부모에게 사랑받기 위해애쓰던 아이는 죽었다.

단단해지는 생활

폭식증이 멈췄다. 거짓말 같았다. 아무것도 하지 않았는데도 폭식증이 사라졌다. 그저 한국에 돌아왔을 뿐인데, 그것만으로 몇달을 폭풍처럼 휘몰아쳤던 식욕이 사라졌다. 이미 체중은 많이 늘어 있었다. 모든 것을 처음부터 다시 시작해야 했다. 그 시작에 엄마의 지원은 없었다. 태어나서 처음으로 모든 것을 스스로 해내야 했다. 시작은 의욕이 넘치고 희망찼다. 좋았다. 모든 것을 할 수 있을 것만 같은 기분도 들었다. 폭식증이 시작된 후로 줄곧 넘어져 있는 기분이었다. 넘어진 내 위로 먼지가 켜켜이 쌓여 이제는 그대로 굳어버린 것이 아닐까 하는 생각도 들었다. 돌처럼 굳어버린 먼지 속에서 나는 조심스레 움직였다. 불안에 떨었던 시간이 무색하게 먼지는 금방 털어졌다. 폭식증이 시작된 이후로 처음으로 스스로 일어섰다. 넘어진 후 오랜 시간 일어설 수 없었던 건 스스로 일어나려고 하지 않아서였다. 계속 누군가가 일으켜주기만을 바랐다. 병원 치료도, 남자친구도 큰 도움이 됐으나 치료에 결정적으로 필요했던 건 스스로 일어나는 것이었다. 스스로 일어선 내가 좋았다.

일단 학교로 돌아가기로 했다. 앞으로 무엇을 할지 결정하진 않았지만 공부를 마치고 싶었다. 2년 동안 학교를 더 다녀야 했고 나는 학비를 낼 능력이 없었다. 학자금 대출을 받았다. 폭식증으로 20대의 많은 시간을 건너뛰었다. 대학을 졸업하면 나는 서른살이 되어 있을 것이다. 취업난은 점점 심해지고 있었다. 험난한 길이 예상됐다. 그래도 괜찮았다. 먼 미래의 일보다는 당장 내 눈앞에 있는, 내가 해야 하는 일에 집중하기로 했다.

호주에서 돌아온 이듬해 봄 학기부터 학교로 돌아가기로 했다. 2년 이상 휴학하면 자동으로 퇴학 처리되는 학칙상 재입학을 해야 했다. 학과장에게 학교를 오랜 시간 쉬게 된 연유와 학업에 대한 열정을 담은 재입학 지원서를 보냈고 학교로 돌아갈 수 있게 됐다. 입학까지 8개월의 시간이 남았다. 무엇을 해야 할지는 정해져 있었다. 돈이 필요했다.

멜버른에 가기 전 몇개월 동안 일했던 프랜차이즈 카페에서 다시 아르바이트를 시작했다. 카페 근처의 맥줏집 아르바이트도 구했다. 오전에는 카페로 오후에는 맥줏집으로 가는 생활을 두달가량 했다. 주말 아르바이트생이 사정이 생겨 쉴 때는 주말에도 종종 나갔다. 몸은 피곤했고 잠은 부족했지만 즐거웠다. 삶이 이전과는 달랐다. 온전히 내 힘으로 살아내는 삶이었다. 얼마 후 친척의 소개로 대기업의 사내 전산 관련 아웃소싱 콜센터에서 일하게 됐다. 오전 9시부터 오후 6시까지 스마트폰과 스마트폰 내 사내 앱과 관련된 임원진들의 상담 전화를 받았다. 세상은 빠르게 발전하고 있었고 생각 이상으로 이상한 사람들은 많았으며 스마트폰 앱의 버그도 많았다. 퇴근 후에는 카페에서 마감 근무를 했다. 퇴근하고 집에 돌아오면 새벽 2시가 되는 생활을 8개월가량 했다. 식욕보다는 잠을 자고 싶다는 욕구가 강했다. 그래도 통장에 쌓이는 월급을 보며 행복했다.

그리고 학교로 돌아갔다. 4년이 지난 학교는 많은 것이 달라져 있었다. 학생들은 노트 대신 노트북을 들고 왔다. 과연 무엇을 위해 존재하는 것일까 싶은 조별 과제가 강의마다 필수품처럼 딸려왔고, 스펙이라는 단어는 이제 일상어가 됐다. 달라진 것들과 무관하게 나는 그저 내가 할 수 있는 최선을 다했다. 나는 여전히 종이 노트를 썼고 조별 과제는 혼자 했다. 스펙 쌓기보다는 졸업이 목표였다. 그게 내가 감당할 수 있는 최선이었다. 보잘것없지만 스스로 꾸려내는 삶이었다.

그리고 고양이가 왔다. 내 작은 고양이는 처음 만났을 때 회색의 먼지처럼 보였다. 먼지라고 이름 붙였다. "고양이나 키워볼까?"라는 지나가는 말에 잠시 함께 살았던 여동생이 정말 어딘가에서 고양이를 데려왔다. 당황스러웠지만 하얀 종이봉투 안에 담겨 있던 작은 고양이는 정말 예뻤다. 나는 먼지의 가족이 됐다. 먼지는 세상에 마치 나와 자기만 존재하는 것처럼 나를 대했다. 나는 먼지의 유일한 가족이 됐다.

대학교를 졸업하고 취업이 되지 않던 몇개월 동안 칩거 생활을 했다. 가끔 먹을거리를 사기 위해 집 앞 슈퍼에 가는 것 외에는 자취방이던 반지하에서 지상으로 올라가지 않았다. 돈을 아껴야 했다. 취업이 안 된 상황에서 놀러 다니는 건 사치라 여겼다. 그러다 어떠한 한계점이 왔을 때 마침 친구에게 만나자는 연락이 왔다.

샤워를 하고 기초화장품을 꼼꼼히 바른 후 화장을 마쳤다. 드라이기로 머리를 말리고 온몸에 바디로션을 발랐다.

그리고 편하면서도 나들이 기분을 내줄 꽃무늬 원피스를 입었다. 몇달 만에 외출복을 입고 화장을 했더니 나란 존재가 낯설게 느껴졌다. 예뻐 보이는 건 별로 중요하게 생각되지 않았다. 외출하기 위해 몸단장을 한다는 일 자체에 약간 흥분됐다.

집을 나와 광화문으로 향했다. 나의 집은 반지하치고는 꽤 많은 빛이 들어오는 집이었지만 그래도 어쩔 수 없이 음침하고 어둑한 기운이 지배적이었다. 창문을 열면 보이는 지면은 내가 다른 사람들보다 한참 밑에 있다는 기분을 생생하게 했다. 나는 땅속에서 살아가는 사람이었다. 그런 반지하 방에서 나와 좁은 골목을 지나 다시 지하철을 타기 위해 땅속으로 들어갔다. 그렇게 광화문에 도착해 계단을 올라갔다. 몇달 만에 그렇게나 많은 빛을 온몸으로 쬐었다. 길이 시원하게 뚫려 있었다. 새삼 인간이 이렇게 멀리까지 볼 수 있었지 하는 실감이 났다.

친구를 기다리며 약 15분 동안 교보문고 앞 벤치에 앉아 멍하니 지나가는 사람들을 바라봤다. 모두가 반짝반짝 빛났다. 화창한 날씨 덕분이라 생각했다. 아니었다. 내 마음이 반짝거리고 있었다. 화장을 했는지, 날씬한지, 유행하는 옷을 입었는지와는 모두 무관했다. 그저 자신의 생을 살아가며 오늘도 자신의 목적지에 도달하기 위해 열심히 나아가고 있는 존재 자체로 모두가 반짝반짝 빛나 보였다.

땅속에서만 살았던 몇개월의 시간이 나에게 수련의 기회가 됐는지, 미에 대한 내 기준은 달라져 있었다.

어떤 변화는 이렇게도 찾아온다. 서서히 물들어가는 변화가 있고, 대단한 사건이 터지며 일순간에 모든 것이 뒤집히는 변화가 있는가 하면 어떤 변화는 아무런 전조 증상도, 대단한 사건이 없었는데도 별안간 일어난다. 마치 마일리지가 쌓이는 것처럼 어딘가에 쌓여 있다가 사용할 수 있는 기준점에 달하는 시점부터 작동되듯이 말이다.

나도 그렇게 변했다. 조금씩 조금씩 바뀌고 있다고 느낀 적도 없고, 상담으로도 변하지 않는다고 느꼈던 것이 어느 날 갑자기 변했다. 그동안 차곡차곡 쌓아왔던 변화의 힘이 몇달 만에 외출을 한 순간 한번에 드러났다. 스스로에게 관대해지고, 타인들에게 관대해지기 위한 많은 노력들이 쌓이고 쌓여 어느 순간 작동한 것이라 생각한다. 소용없다고 생각하면서도 변하고 싶고, 낫고 싶어서 시도했던 고민과 노력들이 무의미한 것이 아니었다. 내 안에서 변화의 마일리지를 쌓고 있었다. 그렇게 나는 나를 있는 그대로 받아들일 수 있게 되고 나를 사랑할 수 있게 됐다.

악순환은 아니지만 선순환도 아닌

대학을 졸업하고 취업준비생이 됐다. 밤낮으로 만들었던 졸업 작품은 취업에 별 도움이 되지 못했고 나는 스펙이랄 게 딱히 없었으며 나이는 이미 취업준비생으로서는 마지노선을 넘은 상태였다. 학교를 다니면서도 줄곧 했던 카페 아르바이트만으로는 월세와 최저 생활비만 겨우 해결할 수 있었다. 이력서와 자기소개서를 내는 생활을 몇개월 동안 지속했다. 월세 13만원의 반지하 방은 동굴 같았다. 유일하게 열 수 있는 자그마한 창문으로 시멘트 바닥을 훑고 들어오는 탁한 공기만이 시간이 흐르고 있음을 상기시켰다. 내 인생이 이보다 나아질 수 없을 거라는 불안감이 때때로 덮쳐

왔다. 그사이 체중은 최저점을 찍었고 다시 최고점을 찍었다. 다이어트를 하진 않았다. 예뻐 보이고 싶다는, 날씬하고 싶다는 욕구가 딱히 생기지 않았다. 그저 되는 대로 나를 가만히 두었다.

그리고 폭식증이 다시 시작됐다.

재발한 폭식증은 이전과 또 달랐다. 처음에는 비교적 전형적인 형태를 띠던 폭식증이 내 안의 좀더 깊숙한 내면으로 침투해 까슬까슬한 돌기를 켜켜이 박은 채 오랜 시간을 함께하며 나에게 맞게 변형된 것 같았다.

다시 생긴 폭식증에는 악순환의 고리가 없었다. 폭토 이후에 후회나 자괴감이 없었다는 이야기다. 오히려 금전적 문제에 시달리고 취업 준비에 매진해야 하는 일상에서 기분전환이 됐다. 폭식증을 대하는 자세도 이전과는 달랐다. 좌절하거나 실망하지 않았다. 오히려 내가 폭식증을 제어하고 있다는 착각마저 들었다.

'이번 주도 수고했어. 오늘은 나에게 상을 줘야지. 마음껏 먹을 것을 사자.'

이러한 착각이 가능했던 것은 술 때문이기도 했다. 어학연수 후 재발한 폭식증에는 언제나 술이 함께했다. 술을 마실 때면 폭식을 하고 먹었던 것을 모두 게워냈다. 음식을 게워내도 취기는 남아 있었다. 술에 취하면 토할 수도 있는 것이라며 합리화했고 너무 취해 미처 토해내지 못할 때도 술에 취하면 그럴 수도 있는 거라고 스스로에게 변명했다. 어느 때든 술은 좋은 구실이 됐다. 나의 문제를 술에 떠넘긴 것이다. 다 술 때문이라고, 취해서 그런 거지 내가 나쁜 것이 아니라고.

술과 함께한 폭식증은 꽤 오래갔다. 폭식증이 처음 발병했을 때 내 안에서 식욕이 폭풍처럼 휘몰아쳤던 것과는 달랐다. 그저 내 일상의 한 부분이 되어갔다. 심리 상태에 따라 심해지거나 조금 나아지기를 반복했다. 취업에 대한 확신이 생겨 바쁘게 준비를 할 때는 나아졌다가도 그렇게 입사한 회사에서 상사 때문에 스트레스를 받을 때는 다시 심해졌다. 어렵게 기자라는 직함을 달고 밤낮없이 일할 때는 나아졌다가, 회사가 어려워져 권고사직을 당했을 때는 더없이 심해지기도 했다. 극과 극을 오가며 완전히 치유됐다고 생각했던 시기도 수십번 있었다.

나쁜 건 내가 아니고 술이었기에, 이 정도 술은 다들 마시지 않느냐고 합리화하며 8년 가까운 시간이 지났다. 그사이 아름다움에 대한 내 기준은 바뀌었고, 더이상 극단적으로 마른 몸매를 갈망하지도 않게 됐다. 연약해 보이고 싶기보다는 하루를 잘 살아낼 수 있는 체력이 더 간절하다. 더이상 남과 나를 비교하며 갖지 못한 것에 대한 욕망으로 스스로를 갉아먹지 않으며, 사람 때문에 상처받지 않는다. 그만큼 억척스러워졌다. 나와 내 고양이 먼지를 지키려면 단단해져야 했다. 더이상 물러터진 사과처럼 있을 수 없었다. 나의 폭식증도 수없이 많은 재발을 거치며, 재발할 때마다 조금씩 단단해졌다. 폭식증과의 싸움은 무의미했다. 나는 그저 나의 폭식증을 미워하지 않고 껴안았다. 그렇게 악순환이 아니지만 그렇다고 선순환도 아닌 상태가 앞으로도 오래 지속될 거라고 생각했다. 그러나 언제나 그렇듯 변화는 우연히, 아무렇지도 않게 다가온다.

자취방 계약이 끝나고 이사를 했다. 높은 곳으로. 고층 아파트의 볕이 잘 드는 집은 꿈도 꿀 수 없기에 산으로 갔다. 남산 중턱에 있는, 적당히 볕이 들어오는 집이었다. 새롭게 일상을 시작하고 세상을 보는 시각이 달라졌음에도 폭식증은 낫지 않았다. 다만 폭식증에 걸린 나를 조금 더 너그럽게 보듬을 수 있게 됐다. 전에는 항상 남과 비교하며 폭식증에 걸려버린 스스로를 힐난했다. 하지만 이제는 폭식증이 걸린 나를 사랑할 수 있게 됐다. 나 자신은 그 자체로 사랑스러운 존재니까.

여전히 음식에 대한 강렬한 충동과 먹은 후의 불안감은 이따금 찾아왔다. 그러나 그럴 때마다 '괜찮아. 다시 완치하면 돼'라고 생각했다. 매번 나아질 때마다 그것이 완치라고 생각하기로 했다. 그렇게 생각하면 좌절하지 않을 수 있었고 재발이 두렵지 않았다. 일보 전진했다고 생각했다. 폭토 행위는 완전히 낫지 않았지만 좌절이나 자괴감은 사라졌고, 심리적으로 평온함을 유지할 수 있게 됐다. 이게 내가 나를 지키는 힘이라고 생각했다. 나는 육체 안에 갇혀 있었다. 아무리 내면이 바뀌어도 외면이 바뀌지 않는다면 의미가 없다고 생각했다. 그러나 이제는 안다. 외면이 바뀐다고 내면까지 바뀌는 것은 아니다. 기나긴 폭식증을 겪으며 비로소 나의 내면과 외면이 균형을 이루게 됐다. 뿌리가 돋아나고 있었다.

새로운 세계

폭식증과 사이좋게 지내면 그래도 괜찮을 줄 알았다. 직장을 다니며 먼지를 지킬 정도의 힘을 길렀으니까. 아니었다. 장기간 지속된 알코올 섭취와 폭토로 내 몸은 쇠약해져 있었다. 야근이 이어지던 어느날 몸이 신호를 보냈다. 두달가량 응급실을 오가며 링거, 염증 주사를 맞고 항생제와 스테로이드를 복용했다. 몸 여기저기에서 염증 증상이 끊이지 않았다. 몸이 비명을 질렀다. 그만하라고, 더이상 버티지 못하겠다고.

그맘때 옆자리 동료가 스노보드를 탄다는 것을 알게 됐다. 아직 겨울이 되려면 석달이나 남아 있는데도 스노보드가 타고 싶다고 말하는 그녀의 얼굴은 행복해 보였다. 궁금했다. 대체 뭐길래 저렇게 행복해하는지. 나에게 운동이란 몸매를 가꾸기 위한 것이 전부였기에 비싼 장비로 무장한 채 눈밭을 내려오는 스포츠는 생경하기 그지없었다. 나도 스노보드를 타보기로 했다. 다짜고짜 배워보고 싶다는 나를 동료는 흔쾌히 도와주었다.

동료를 따라 보드용품점이 모여 있는 학동에서 이것저것 장비를 샀다. 몇 개 사지 않았는데도 50만원이 훌쩍 넘었다. 스키장 시즌권을 사고 장비를 보관할 로커 대여권도 샀다. 하나하나 준비를 하다보니 꽤 큰 비용이 들었다. 태어나 처음으로 자기계발이나 생계가 아닌 취미생활에 거액을 지출했다.

준비를 다 끝내고도 한달의 시간을 더 기다려 드디어 스키장이 개장하는 첫날이 됐다. 일명 '개장빵'이라 부르는, 스키장 개장을 기념하는 그들만의 의식에 함께했다. 뭐가 뭔지 몰랐지만 즐거웠다. 처음으로 스노보드 데크에 올랐다. 동료가 자기가 쓰던 거라며 나에게 싼값에 판 데크였다. 부츠는 생각보다 딱딱했고 보호대에 갇힌 엉덩이와 무릎은 내 것이 아닌 것처럼 느껴졌다.

리프트를 타고 올라가니 완만한 경사면의 언덕배기가 가

보지도 않은 에베레스트처럼 느껴졌다. 슬로프를 따라 내려오는 눈 위에서의 몸은 내 것이 아니었고 데크는 제멋대로 움직였다. 눈을 쓸고 내려가며 빠른 속도가 무섭다고 생각한 찰나 내 꼬리뼈는 눈밭에 꽂혀 있었다. 제어가 안 된 데크가 역방향으로 날아간 것이다. 아팠다. 아팠지만 즐거웠다. 그러나 아직 동료가 느끼는 그 재미와는 다른 것이었다. 그 행복감이 궁금했다.

그후 매주 스키장을 찾았다. 데크의 가로 방향으로 안정적으로 내려오는 사이드슬립 기술을 몇주 동안 연습하고 드디어 턴을 할 수 있게 됐다. 턴이 가능해지자 금방 속도가 붙었다. 재미있었다. 그 재미에 보드를 타고 있을 때만은 다른 건 상관없어졌다. 처음이었다. 태어나 처음으로 누군가에게 인정받기 위해서가 아닌, 돈을 버는 것도 아닌, 지식이 쌓이는 것도 아닌, 그렇다고 미래를 대비하는 것도 아닌 무언가를 그렇게나 열심히 했다. 정말 즐거웠다.

세상에는 수많은 내가 있다. 딸로서의 나, 동생 혹은 언니로서의 나, 카페 아르바이트생으로서의 나, 미대생으로서의 나, 유학생으로서의 나, 여자친구로서의 나, 맥주를 서빙하는 나도 있었고, 공중파 뉴스의 제보팀에서 세상에 불만 가득한 이들의 전화를 받아내는 나도 있었다. 서른이 넘어 아르바이트를 하니 '그 나이 많은 사람'이라고 불렸고 첫 직장에서는 선배에게 '이상한 애'라는 소리를 들었다. 수많은 장소, 수많은 사람들 사이에 수만가지의 내가 존재했다. 그러나 보드를 탈 때 나는, 그냥 내가 됐다.

3개월의 스노보드 시즌이 끝나고 일상으로 돌아왔다. 별일 없는 주말, 예전처럼 금요일 저녁에 술과 음식을 준비했다. 역시나 맛있었다. 변화는 또 한번 갑작스럽게 찾아왔다. 나에게 음식은 늘 참아야만 하는 존재였다. 언제나 배고팠고 항상 부족했다. 그런 내가 달라져 있었다. 배가 부르니 더 먹고 싶은 생각이 들지 않았고 먹고 토한다는 것은 상상조차 되지 않았다. 당장 내 몸이 거대해질 것 같던 느낌도 전혀 들지 않았다. 신기했다. 지난 10여년의 시간 동안 그 공포심이 나를 괴롭혔다는 것이 믿기지 않을 정도였다.

내가 하고 싶은 말은 '폭식증에 걸렸다면 스노보드를 타세요'라는 것이 아니다. 우연인지 필연인지 모르겠으나 나는 스노보드를 타기 시작했고 새로운 나를 만나게 됐으며 스노보드에 빠져 있던 3개월 동안 자연스레 폭식하지 않게 됐다. 그러는 사이 내 정신과 몸이 제자리를 찾아왔다. 나에게는 스노보드가 내 삶의 균형을 맞춰주는 새로운 세계였다. 평소 자신이 정한 식단을 넘어서게 먹는 것, 그 이후에 생기는 변화를 직접 몸으로 느끼는 것, 다시 말해 진정한 인지행동치료를 스노보드를 타며 경험하게 된 것이다. 식욕을 넘어서는 욕구, 나에게는 그것이 신나게 스노보드를 타고 싶다는 욕구였다. 폭식증을 앓고 있는 환자들 모두 각자 자기만의 '스노보드'가 있으리라 생각한다.

폭식증에도 수명이 있다. 1년 만에 죽는 폭식증도 있을 것이고 30년을 살아 있는 폭식증도 있을 것이다. 내 안에서 꼿꼿하게 살아 있던 나의 폭식증은 이제 노쇠했다. 언젠가 기력을 찾은 폭식증이 다시 나를 침식할 수도 있다. 완치됐다고 믿지만 지금까지 몇번을 그래왔듯이 언젠가 재발할 수 있으리란 것도 안다. 완치에 대한 열망으로 많은 노력을 했고 그 결과 폭식증에서 완벽히 벗어난 아름다운 이야기를 들려주면 좋았을 테지만 그건 나의 이야기는 아니다. 그렇지만 괜찮다. 나는 이제 폭식증이 다시 고개를 들어도 지지 않을 만큼 충분히 강하다.

완벽주의는 섭식장애 환자들이 가진 대표적인 성향 중 하나라고 한다. 이들은 부족한 5퍼센트를 채우기 위해 집착하다 섭식장애에 걸린다. 완벽함이라는 허상을 좇으며 이미 채워진 95퍼센트를 볼 여유 따위 없이 언제나 부족한 5퍼센트만을 바라본다. 나는 인생의 5퍼센트를 없앴다. 영원히 100퍼센트가 될 수는 없지만 풍족한 95퍼센트의 삶을 살기로 했다. 완벽하지 않아도 괜찮다. 완벽하지 않아도 나는 너무 아름답고 인생은 충분히 재미있다.

오늘은 내가 폭토를 하지 않은 지 1년하고 9개월이 되는 날이고 폭식증이 시작된 지는 17년째가 됐다.

요즘은 뜨개질을 한다. 유치원 때 배웠던 것이 취미가 되어 20대 초반까지 내내 뜨개질을 했다. 손끝에서 완성되어 가는 목도리를 보는 게 즐거웠다. 그러다 뜨개질을 그만두었다. 그보다 더 중요한 일들이 너무나 많았다.

이직하고자 한 회사에서 우연인지 뜨개질을 할 수 있는 인력을 원했다. 이미 뜨개질에 흥미를 잃어버렸지만 일이니 할 수밖에. 그러나 다시 시작한 뜨개질은 예상외로 너무 재미있었다. 그중 가장 흥미로운 것은 바로 콘티넨털 니팅법이었다.

보통 뜨개질을 배울 때 오른손을 주로 사용한다. 아메리

칸 니팅법이라고 한다. 반대로 왼손으로 실타래와 연결된 실을 쥐고 뜨개질하는 것을 콘티넨털 니팅법이라고 한다. 방법이나 용어는 중요하지 않다. 콘티넨털 니팅법은 듣도 보도 못한 뜨개법이었고, 그 효율성이 대단했다. 아메리칸 니팅보다 1.5배는 빠르고 간단한 동작만으로 뜨개가 가능해 오래 뜨개질을 해도 팔이 아프지 않았다. 배우지 않을 이유가 없다는 이야기다. 그러나 문제는 내 왼손이 준비가 되어 있지 않았다는 것.

검지로 바늘에 실을 감아주는 이 간단한 동작이 아무리 해도 되지 않았다. 낯선 동작을 하느라 왼손 엄지와 검지에 쥐가 날 지경이었다. 이게 정말 편한 뜨개법이 맞는 건지 의심이 들었다. 몇번을 시도하다 다시 예전에 하던 아메리칸 니팅법으로 돌아가기 일쑤였다. 하지만 지금은 콘티넨털 니팅법을 자연스럽게 구사한다. 새로운 세계를 만나고 이전의 기준을 바꾸는 방법은 한가지였다. 시간이 걸리겠지만 꾸준히 조금씩 바꿔가는 것.

내 안의 미의 기준을 바꾸는 데에도 오랜 시간이 걸렸다. 내가 맞는다고 생각한 세계, 한가지 생각만 존재하던 세계에서 추구하지 않을 이유가 없는 새로운 가치관을 알게 된 것이다. 날씬해야 한다, 예뻐야 한다, 약해 보여야 한다. 이

것이 내가 알고 있던, 유일하게 추구하던 미의 기준이었다. 아름다움을 추구하는 세계에서는 미의 기준이 필요하다. 미의 기준에 부합해야만 살아남을 수 있다.

다양한 체형, 다양한 성, 다양한 연령 등 가지각색의 특징이 존재한다는 것을 알았고 여러 종류의 사람에게서 아름다움을 찾고자 했다. 나를 설득할 수 있는 새로운 기준을 찾고 싶었다. 그러나 사실 미의 기준이란 것은 없었다. 허상이었다. 그저 살아가는 것만으로도 모두 아름다운 존재였다. 예쁘고 날씬해야만 했던 과거의 나로 돌아갈 수 없다. 그렇지 않아도 나는 아름답기 때문에.

여전히 쉽지 않다. 드라마나 예능 프로그램에 나오는 연예인들을 보면 "예쁘다"라는 말이 튀어나오고 많이 먹었다 싶으면 '살찌면 어떡하지?' 하는 생각도 든다. 책을 몇권 읽었다고, 롤모델을 만났다고 해서 쉽게 바뀔 수 있는 부분이 아니다. 방법은 한가지다. 시간이 걸리겠지만 꾸준히 조금씩 바꿔가는 것.

잡지사를 그만두고 더이상 글을 쓸 수 있는 공간이 없었다. 새로운 직장에서 마감이 없는 평안한 일상을 찾았지만 써야만 하는 기질은 여전했다. 아무도 봐주지 않을지도 모르지만 무슨 이야기든 쓰고 싶었다.

세상이 돌아가는 것을 관찰하다 '프로아나'라는 단어가 뇌리에 박혔다. 무언가 잘못되어가고 있었다. 잘못된 것이라고 말하고 싶었다. 그래서 어떻게 하면 가장 효과적으로 이야기할 수 있을까 고민했다. 답은 나였다. 누구보다 그 문제에 관심이 많고, 누구보다 잘 아는 나.

시작은 쉬웠다. 그러나 다 끝난 것이라 생각했던 과거를 끄집어내 곱씹으며 써내는 것은 쉬운 일이 아니었다. 힘든 기억을 쓸 때는 그때의 내가 됐다. 이제는 다 괜찮아졌다고, 글로 쓸 수도 있다고 호기롭게 시작했던 일이 섭식장애를 재발시키는 사태마저 일으켰다. 다행히 순간적으로 악화됐던 것이었지만 원고를 쓰는 속도는 터무니없이 늦어져 1년 만에야 원고를 완성했다. 글로 밥벌이를 하려면 소처럼 글만 써야 한다는데 이래서 되겠나 싶기도 하다.

품고만 있던 원고를 세상 밖으로 꺼내준 창비 편집부에 진심으로 감사드린다. 이 책이 세상을 바꿀 수 있을 거라는 생각은 감히 하지 않는다. 다만 필요한 사람에게 닿아 그들이 스스로를 지키는 데 조금이라도 도움이 되길 바란다.

그리고 작년 초 무지개다리를 건넌 먼지에게, 그곳에서
행복하게 기다리고 있으라고 전해주고 싶다.

2021년 2월

김안젤라